羅秀美——著

獨心功夫

讀懂古典詩人的生命故事

獻給

李瑞騰教授

《人間福報》覺涵法師

推薦序／和古典詩人心靈對話

◎李瑞騰（中央大學中文系教授兼文學院院長）

飽讀詩書而未能與他人分享，是一件令人遺憾的事，這就是為什麼許多人願意花時間賞析古典詩文的原因，這裡面除了分享的喜悅，也另有文化薪傳的崇高目的；從接受方來看，彷彿就有一道橋樑可通遠古的創作心靈。

因此，選材很重要，當然是要選好的，有深刻意義的；進一步說，要把一些什麼作品放在一起？有一種什麼樣的類概念在其中？都必須考量。然後呢，怎麼導讀才能把寫什麼怎麼寫的問題講清楚？是否要找找一些相類或相異的作品來比較分析？如何凸出對今人有啟發性的意義？這些思考都很根本，也很重要，都會影響實際的寫作；有時，作者或編輯會考慮到讀者對於比較艱難的字詞或典故等，可能有礙閱讀，因此會加以注釋，但這樣一來，會有一點教科書的樣子，不一定討好。

這樣的出版品，每隔一段期間就會在坊間出現，有時是套書，有時是單行本，有時還附有CD，滿足各方讀者的需求。中興大學中文系羅秀美老師近將出版的《獨心功夫

——讀懂古典詩人的生命故事》，做的正是古典詩的活化、普及化。

秀美勤學，進出古今，於古典詩詞有長期涉獵，她在兩年多的期間，每週選讀一首七言詩詞，以其中一句為標題，每篇先指明此句出處，有時會將詩人略作簡介，有時則直接分析文本，一般來說，詩意和詩藝都會關注，也必然會放大特寫作為標題的詩句，指出其精義。

本書以「詩人心事」為重心，基本上是和古代詩人進行心靈對話，秀美自言「其間之契合冥感，自不在話下，可說是十分舒適的一次書寫體驗」，我過去曾寫過一本白居易詩賞析，也品讀過歷代絕句，頗能體會秀美所說，正因如此，我深盼這書能給愛詩的朋友帶來心靈的撫慰和人生的感悟。

自序

本書為《人間福報》「詩人心事」專欄之結集，每週一見報一次，發表期間自二〇〇九年六月一日至二〇一一年八月二十九日為止，共計一一七週。書名「獨心功夫」是出自詩人陸游（一一二五～一二一〇）的詩句「功夫深處獨心知」，與專欄主題相契，因以為書名。

集中六卷，分別為：「我心如冰劍如雪——飛颺壯志」、「書卷多情似故人——儒雅文心」、「別欲論交一片心——風雨故人」、「野渡無人舟自橫——靜觀萬物」、「萬事有為應有盡——洞明世事」、「是非得失兩茫茫——還諸缺憾」等六個主題。一一七週的書寫，沉澱如上述六大主題。然而，忙碌的教研工作與生活步調，卻使已然完結五年餘的專欄，遲至二〇一六年底方得以結集面世。

「詩人心事」專欄的撰寫，緊接在「經典名句」之後（已結集為《天心月圓——從中國經典名句看人生》，釀（秀威）出版，二〇一二年）。由於每週需定時寫稿，寫作遂如修行般，自有一定規律，舒緩有致。兩年餘的書寫期間，每週選讀一首七言詩詞，與古典詩人敏銳的心靈相對，其間之契合冥感，自不在話下，可說是十分舒適的一次書寫體驗。

當然要感謝恩師李瑞騰教授（國立中央大學中文系）——也是此專欄的策畫者，總是不吝給予各種磨練的機會，砥礪我的成長。更感謝《人間福報》覺涵法師——此專欄的編輯，拙作得以週週見刊，她是最大功臣；而每年歲暮固定收到法師的新年賀聯，更添溫暖。總之，感謝《人間福報》提供的珍貴版面，銘感五內。

再者，特別感謝友人W，以其精到的文字功力，為本書定名《獨心功夫》，值得記上一筆。感謝親愛的家人朋友，許多支持的力量，使我得以大無畏的向前邁步。最後，感謝出版社編輯們的辛苦付出。是為序。

羅秀美　於中興湖畔　二〇一六年十二月二日

卷二　書卷多情似故人——儒雅文心

卷三　別欲論交一片心——風雨故人 087

卷五　萬事有為應有盡——洞明世事 201

卷一

我心如冰劍如雪——飛颺壯志

我心如冰劍如雪

韓愈〈利劍〉：「利劍光耿耿，佩之使我無邪心。故人念我寡徒侶，持用贈我比知音，我心如冰劍如雪，不能刺讒夫，使我心腐劍鋒折，決雲中斷開青天，噫！劍與我俱變化歸黃泉。」此詩以劍為喻，說明自己的節操如冰雪般澄清，尤以「我心如冰劍如雪」為警句。

韓愈的詩作往往呈露他一生坎坷的際遇。由於韓愈生性耿直，因此挫折無數，如貞元十九年（西元八〇三年）冬，韓愈晉升為監察御史，在任不過兩月，因體恤民情，乃上書〈論天旱人飢狀〉，卻遭權臣讒害，貶謫連州。之後，當然還有知名的諫迎佛骨與貶謫潮州、袁州之事。韓愈且將這些憂傷寄託於他的詩作當中。無論憂時傷事、感慨世路，皆纖毫披露，因此韓愈詩多感憤之作。

詩人託劍為喻，以譏刺那些擅長中傷造謠以鑽營的小人，藉以表白自己。詩人說道，佩上耿耿寒光的利劍，使我更添一股正氣，毫無邪心。因朋友顧念我的徒眾較少，乃將利劍贈予我，聊作知音陪伴著我。我的心如冰一般晶瑩，我的劍如白雪一樣純潔，不能用我的劍以刺殺那些小人，真是令我憤恨，空將劍鋒斷折。這把利劍只要一揮便能撥雲見日，唉！終究徒佩利劍而不能有所作為，有朝一日，劍與我終將同歸於塵土呀。

此詩最動人之處即為「我心如冰劍如雪」。詩人將「我心」與「我劍」並列，前者「如冰」，後者「如雪」。如此連用，乃知我心我劍，直如冰雪般剔透澄淨，節操不容置疑。詩人以如斯鮮明的意象，強化了自我的清操。無奈的是，詩人雖然冰雪般自愛，一心一意想要刺殺小人，最後卻仍只落得徒佩利劍、劍鋒摧折而已。詩中所呈顯的悲憤之情，於斯達到高峰，可謂椎心至極。

劍之於士人，其意義不僅是防身兵器，更是身分與人格精神之象徵，就文化傳統而言，劍是所有兵器裡最具有靈性的。唐代詩人喜愛佩劍者不僅韓愈一人，李白也是「撫劍夜吟嘯，雄心日千里」（〈贈張相鎬〉）的詩人啊。兩位同時代的大詩人，不約而同的以佩劍彰顯自身的人格風貌，無非就是藉以表白「我心如冰劍如雪」啊。

（原載《人間福報》第十四版〈縱橫古今〉，二〇〇九年九月二十一日）

不畏浮雲遮望眼

「不畏浮雲遮望眼」語出王安石〈登飛來峰〉：「飛來山上千尋塔，聞說雞鳴見日昇，不畏浮雲遮望眼，自緣身在最高層。」

此詩前兩句寫飛來峰塔的形象，後兩句寫登飛來峰塔的感想。飛來峰在浙江杭州西湖附近靈隱寺前。相傳東晉咸和年間，天竺僧人慧理登此山，嘆曰：「此是中天竺國靈鷲山之小嶺，不知何年飛來？」因此稱之曰「飛來峰」，又名「靈鷲峰」。詩人說道，登上飛來峰，但見飛來峰上的塔高高聳立。站在塔上，雞鳴五更天便可以看見日出東昇了。可見飛來峰聳入雲天的氣勢。

然而，寶塔雖高，卻也並非高不可攀。沒多久，詩人已登臨塔頂，萬物盡收眼底，浮雲再多卻怎麼也擋不住視線。因此詩人乃說道：「不畏浮雲遮望眼，自緣身在最高層。」此處反用李白〈登金陵鳳凰台〉詩句：「總為浮雲能蔽日，長安不見使人愁」之句意。而漢代陸賈《新語・慎微》篇也有「邪臣之蔽賢，猶浮雲之障日月也。」東漢孔融〈臨終〉詩則有「讒邪害公正，浮雲翳白日。」皆以浮雲指小人之意。由此可見，

「自緣身在最高層」的王安石，全然「不畏浮雲遮望眼」的不可一世。因此，後兩句看似寫景，其實另有一番體會，詩人雄心勃勃的自勉之意表露於此。

王安石是北宋知名政治家，唐宋古文八大家之一，也是詩人。其詩文俱佳，尤其是晚年退居江寧期間的詩作，刻意錘鍊，雅麗精絕。如名句「春風又綠江南岸」即修改十餘次，方選定「綠」字做為詩眼，流傳千古。然而，王安石寫此詩時，正值三十歲的青壯年階段，當時他正在浙江做地方官。皇祐二年（一〇五〇年）夏天，他在浙江鄞縣知縣任滿，準備返回江西臨川故里時，途經杭州而寫下此詩。當時的他初入宦海，正是意氣風發之際，正好借由登高以抒發胸臆，寄託壯志。

一般言之，宋人之詩較唐人更多理性的思索脈絡，王安石此詩即可見此一特點。詩的前兩句是登高望遠、日出東方的盛景，後兩句狀似寫景卻是對自己當時境況的理性反思。「浮雲」既是登高望遠時身邊飄動的雲氣，同時也是詩人在政治生涯中各種困頓的象徵，如小人或讒言。因此，詩人登高望遠乃顯現不凡的理性與豪情，「不畏浮雲遮望眼」更成為千古名句，流傳至今。

（原載《人間福報》第十四版〈縱橫古今〉，二〇〇九年十一月二十三日）

不問蒼生問鬼神

「不問蒼生問鬼神」典出李商隱〈賈生〉：「宣室求賢訪逐臣，賈生才調更無倫，可憐夜半虛前席，不問蒼生問鬼神。」

詩人在首二句寫道「宣室求賢訪逐臣，賈生才調更無倫。」，說明漢文帝為求訪賢才，接見曾被貶謫的臣子。而這些臣子中，以賈誼的才氣最高，簡直無與倫比。細讀之，發現此二句完全由正面著筆，不見貶意或諷刺。尤其是「求」與「訪」字的使用，更有讚美漢文帝賢德之意，以其對待賢士之誠懇、謙下，可見其求賢若渴。進而言之，漢文帝「求賢」的對象竟還包括賈誼在內的「逐臣」，更可見漢文帝之胸襟，其網羅賢才的姿態可謂虛懷若谷。而賈誼無與倫比的才華，更令人讚嘆。這二句由「求賢」、「訪逐臣」層層遞進，呈露了漢文帝對賈誼的器重。

然而，後二句「可憐夜半虛前席，不問蒼生問鬼神。」說明的卻是漢文帝竟於夜半時分在宣室（未央宮前殿）禮賢下士，並向賈誼詢問鬼神之事；身為君主卻未心繫蒼生，實在令人痛惜。由此，此詩末句「不問蒼生問鬼神」遂成為流傳後世的名句。進而言之，若以前二句觀之，不看此後二句，極容易誤以為這是一篇明主求賢才的讚歌。然而，這種前揚後抑的手法，及其所產生的情境落差，正是李商隱刻意為之的寫作手法所致。一般言之，此詩所述之君臣遇合盛事，頗值得有心人士大書特書，尤其是同樣也有不遇之境的李商隱，對於賈誼這逐臣之遭遇應該特別有「同是天涯淪落人」之感罷。然而，李商隱畢竟獨具隻眼，聚焦於一般人所不會特別注意的「問鬼神」一事，可謂翻空出奇，引人深省。由此言之，「不問蒼生問鬼神」一句其實極具反諷之意，一把「推翻」前二句對漢文帝求賢若渴的稱頌之意。

李商隱所記賈生被召回之事，應是根據《史記．屈賈列傳》記載而來的靈感：「賈生徵見，孝文帝方受釐，坐宣室。上因感鬼神事，而問鬼神之本。賈生因具道所以然之狀。至夜半，文帝前席。既罷，曰：『吾久不見賈生，自以為過之，今不及也。』」李商隱透過這個小故事，將賈誼貶謫長沙這個已然熟濫的故實，以別開生面的特寫鏡頭展現出來。也就是說，李商隱不直接書寫賈誼的不遇，卻獨闢蹊徑，將賈誼自長沙被召回由皇帝宣室夜對的情節，放大並加以特寫，終成如此生動的絕句，「不問蒼生問鬼神」也就此成為千古名句。

（原載《人間福報》第十四版〈縱橫古今〉，二〇〇九年十一月三十日）

落紅不是無情物

「落紅不是無情物」典出清代詩人龔自珍〈己亥雜詩〉：「浩蕩離愁白日斜，吟鞭東指即天涯；落紅不是無情物，化作春泥更護花。」

這首〈己亥雜詩〉以末二句「落紅不是無情物，化作春泥更護花」最為知名，可說龔自珍最知名的詩句了。如今人們多用之於愛情的感喟上，而逐漸忘失其本意了。

〈己亥雜詩〉不只此詩一首，它其實是中國詩史上極少見的長篇組詩，共三百一十五首，以七絕為主。這一巨製寫於清道光十九年己亥（一八三九）龔自珍辭官返家之際，由當年農曆四月二十三日離京開始，至同年臘月二十六日返回江蘇崑山家門為止。其中不少篇幅自述家世、仕宦、師友交游與生平著述等，幾乎可視為龔自珍記錄其前半生的自傳文學。

此詩為〈己亥雜詩〉之五，雖因辭官離京有感而發，但其心意之熱切，全然跳脫傳統詩人面對辭官一事所興起的負面感發。當時因思想前進而被排擠的龔自珍，被迫離開清王朝的權力核心－北京城，孑然一身倉促離京返鄉，家小皆無法隨同。孤身離開的龔自珍回首過往，如今一旦匆匆作別，驟然面對夕陽西沉的景象，心中難免依依，離愁也就無邊無際緊擁而來。此時，龔自珍馬鞭東指，心意決絕，就此離開京城，不再回來了。因此乃有「浩蕩離愁白日斜，吟鞭東指即天涯」的堅決。

但龔自珍並不因此而消沈，雖然已辭官，無法再襄理國事了，但自認我這一身仍有堪用之處，他仍然熱情。同時，自比為官場中飄零的落花，雖已無法再為朝廷效力，但還是心繫百姓的啊。因此，他才說「落紅不是無情物，化作春泥更護花」，自己雖如萎落的紅花，但並非無情，只是化作春泥，持續供給養分滋養下一代啊。是以，仍然熱情的龔自珍返回故鄉努力栽培下一代，以發揮自己的最大價值。此二句含蓄委婉，卻筆力萬鈞的呈露辭官歸去的龔自珍對自我的最大期許。

古來辭官多有怨憤之情，很難灑脫。如龔自珍這般熱情洋溢，自信從容的由政治轉而投身教育者，實屬難得，〈己亥雜詩〉因此極富正面意義。尤其是末二句，令人回味無窮，政治生涯的挫敗，並非等同於人生的挫敗。雖面對如此「浩蕩」的打擊，仍能隨時提振自己，可說是極正面而開朗的人生態度，此詩讀來益發溫熱人心。

（原載《人間福報》第十四版〈縱橫古今〉，二〇〇九年十二月二十一日）

古來聖賢皆寂寞

「古來聖賢皆寂寞」語出李白〈將進酒〉：「君不見黃河之水天上來，奔流到海不復回？君不見高堂明鏡悲白髮，朝如青絲暮成雪？人生得意須盡歡，莫使金樽空對月。天生我材必有用，千金散盡還復來。烹羊宰牛且為樂，會須一飲三百杯。岑夫子，丹丘生，將進酒，君莫停。與君歌一曲，請君為我側耳聽。鐘鼓饌玉不足貴，但願長醉不願醒。古來聖賢皆寂寞，惟有飲者留其名。陳王昔時宴平樂，鬥酒十千恣歡謔。主人何為言少錢，逕須沽取對君酌。五花馬，千金裘，呼兒將出換美酒，與爾同銷萬古愁！」

詩人李白一生縱情於詩酒中，創作出一系列的飲酒詩作，〈將進酒〉即為他的飲酒名詩之一。「將進酒」原本即為勸酒歌，此詩呈露了李白豪放率真的一面，極能展現他獨特的個性與飄逸的天賦。西元七五二年，李白與朋友岑勳（岑夫子）赴嵩山的好友元丹丘（丹丘生）的穎陽山居作客。友朋三人因之登高暢飲，允為人生快事一樁。當時的李白正懷才不遇之際，便極力借酒興以澆胸中鬱結之塊壘，此詩便是酒興之下所迸發的勃然才情。

詩以「君不見黃河之水天上來」起首，說明了李白對人生苦短的看法。由此引發暢快飲酒的畫面。「天生我材必有用」正是李白對自己人生價值的肯定，但其超越常人的天才卻似乎並未讓他一生順遂。然李白終究有他獨到的超脫之道，不使得失常縈於胸懷；與友朋暢飲酒，便是他的銷憂解愁之道。

是以，詩人寫出他與友朋痛飲酒並高歌的歡快場面，「但願長醉不願醒」儘是沉痛的心聲。李白乃發出「古來聖賢皆寂寞，惟有飲者留其名」這樣豪爽的呼喚。在他看來，自古以來的聖賢人物都是寂寞的，倒只有飲者留下名諱。所以，盡情的飲酒吧，「與爾同銷萬古愁」，李白要他的朋友共飲酒以銷萬古之愁。

就「古來聖賢皆寂寞」而言，「聖賢」指的是任何一人在任何一方面擁有超越一般常人的傑出表現者，便可以算是聖賢了；而這樣秀異的人才往往是寂寞的。此由於聖賢多半立身較高，而陽春白雪之唱和者向來極少，尤其是身處現實社會中，往往因其過人才華而愈加顯出其孤獨。也惟有如詩仙李白之脫凡超俗者，才能澈底領略斗酒詩百篇以對抗俗世的灑脫與逍遙。

因此，李白飲酒不惟只銷萬古愁，其實更是一個孤獨的靈魂向世界發聲的表現方法。置身於人群中的覺者，必然能夠理解李白的孤獨，也必然明瞭孤獨是一個人心靈昇華的必需，更是思想已臻較高境界的一種標的。所有在學術或專業上具有傑出才華者，必然擁有如是孤獨而超脫的氣質。

李白即是。他果然是古來聖賢中以「飲者」留其名的一位，其消遙自在的豪邁人生，終究被李白自己釀成一壺壺芳馨的醇酒，流傳至今，永不衰歇。

（原載《人間福報》第十四版〔縱橫古今〕，二〇一〇年四月五日）

飛揚跋扈為誰雄

「飛揚跋扈為誰雄」語出杜甫〈贈李白〉：「秋來相顧尚飄蓬，未就丹砂愧葛洪。痛飲狂歌空度日，飛揚跋扈為誰雄？」

此詩為杜甫與李白交遊時所寫就的名詩。極簡短的二十八字，卻道盡李白獨特的精神人格，堪稱一幅絕佳的詩仙畫像。這是現存杜詩中最早的一首絕句，也是杜甫眾多贈李白詩中最簡約最足以道盡李白精神人格的一首詩。

唐天寶三年（七四四）四月，杜甫和剛剛才被唐玄宗肆金放還的李白在洛陽相識，遂相約同游。天寶四年（七四五），兩位詩人又同游，馳馬射獵並賦詩論文，親愛如兄弟般。這年秋天，杜甫與李白相別，杜甫乃寫下這首贈詩予李白。

是以，詩中述及兩人之漂泊無定與學道無成之慨。詩人這樣寫道，秋天是我和你相逢的時節，但見你正如飄蓬般雲游四海。然而，你在求仙煉丹方面未有所成，必然深覺愧對精通丹藥的的葛洪罷。因此，壯志難酬的你也只能痛快飲酒以了此人生。自視甚高的你，堪稱人間一狂客啊，當世之雄，舍你其誰呢。

李白一生遠游，有如「飄蓬」般浪跡天涯。儘管懷才不遇，壯志難伸，皆無法移易李白飄逸佻達的性格。君主與寵臣雖遠離了他，但大自然中總有他的知音。這就是李白瀟灑一生的主因。此外，迷戀丹藥的李白，也曾經幻想自己長生不老。然而道籙靈丹皆未能改變李白的命運，據聞精神痳醉水銀中毒大大損傷了他的健康。因此，面對求仙無成的李白，做為好友的杜甫乃幽默的取笑他一定深覺愧對葛洪了罷。

李白一生嗜酒，作為詩仙，李白可說是以酒做詩的；往往詩中有酒，酒中有詩，酒香酣暢之作所在多有。豪飲之際，李白往往放縱自己的桀驁，任詩興奮起，無怪乎杜甫〈飲中八仙歌〉也說出了「李白斗酒詩百篇」的千古名句。因此，詩中「痛飲」二句，既是對好友李白的規勸，亦隱含自警之意，語重而心長。然而，面對李白這樣的狂客與謫仙，好友杜甫在舉杯相顧之際，但見李白神采飛揚，狂放不羈，難怪杜甫也要發出浩嘆，李白真乃天下最飛揚跋扈的世間英雄啊。

杜甫一句「飛揚跋扈為誰雄」，充分道盡李白一生的風姿神態，想必他也曾有發出「知我太白者，杜子美也」的浩嘆罷。

（原載《人間福報》第十四版〔縱橫古今〕，二〇一〇年五月十七日）

長風破浪會有時

「長風破浪會有時」，語出李白〈行路難〉之一：「金樽清酒斗十千，玉盤珍羞值萬錢。停杯投箸不能食，拔劍四顧心茫然。欲渡黃河冰塞川，將登太行雪滿山。閒來垂釣碧溪上，忽復乘舟夢日邊。行路難，行路難，多歧路，今安在。長風破浪會有時，直掛雲帆濟滄海。」

唐天寶元年（七四二年），李白奉詔入京，惜一世雄才未被玄宗所重用，並橫遭權臣排擠。乍離長安城的李白顯然還有太多不捨與不甘。詩首四句即特寫朋友為他設宴餞別的情景。為了安慰這樣一位橫空出世的天才，朋友以美酒佳餚為他送行。

然而，這次李白卻把酒杯推開，美食亦擱下，離座拔下寶劍，舉目四顧，頓時心緒茫然。其情感之激蕩變化，於此表露無遺。

接著，李白由「心茫然」寫出「行路難」，明著摹寫離京後道路之險阻，實暗指世路之艱難，其中「冰塞川」與「雪滿山」即是。但李白並非性格軟弱之人，既拔劍四顧，便顯示他仍有繼續追求的不甘與雄心。

然而，李白在心緒茫然中，忽想及兩位古代典範人物，一是九十歲仍在溪邊垂釣而得遇周文王的呂尚（姜子牙）；一位是受商湯聘用前曾夢見自己乘舟繞日月而過的伊尹。於是，李白又多了一些信心。

然而，回到眼前的現實，李白再次深刻感受到世道之艱難，不知人生道路究竟何去何從？但是，李白終究還是鼓舞了自己；儘管行路難，他仍相信自己能夠乘長風破萬里浪，橫渡人生之滄海，以到達理想的岸邊。

是以，「長風破浪會有時，直掛雲帆濟滄海」仍具有無限正面的力量，直至今日，依然鼓舞著許多人。

（原載《人間福報》第十四版〈縱橫古今〉，二〇一〇年七月十九日）

少年辛苦終事成

「少年辛苦終事成」語出杜荀鶴〈閒居書事〉：「窗竹影搖書案上，野泉聲入硯池中。少年辛苦終事成，莫向光明惰寸功。」

詩人寫道，窗外竹影在桌案上搖動，硯臺中的墨水彷彿發出了野外泉水的聲響呢。年少時候的努力可說是有益終身的大事，面對匆匆逝去的光陰，千萬不要有所怠惰啊。

晚唐詩人杜荀鶴（八四六～九〇四），據聞為大詩人杜牧之子（計有功《唐詩紀事》），因排行第十五，故稱杜十五。杜荀鶴未出仕前，曾隱居九華山、廬山一帶多年，足跡亦遍歷浙、閩、贛、湘等地。杜荀鶴詩承杜甫、白居易等較寫實的詩歌傳統，自稱「詩旨未能忘救物」（〈自敘〉）、「言論關時務，篇章見國風」（〈秋日山中〉）。詩語言淺白通俗、明白曉暢。

杜荀鶴自幼好學，酷愛學習，歷經艱辛，終成才華出眾的詩人。此外，杜荀鶴亦十分友愛弟侄們，雖知世路艱難、謀事不易，但為解救家鄉親故凍餒的境況，惟有進士及第一途方有出路。因此，杜荀鶴雖年年落榜卻又進取不已，終成及第進士，後名列大唐三百年裡的大才子，生平入錄《唐才子傳》。是以，他在呵護諸弟侄衣食冷暖的同時，更重視對他們進行多讀書、長知識的教育。此詩即為杜荀鶴勸人讀書好學的明證。

他首先灌輸的即是讀書之好處，藉由「窗竹影搖書案上，野泉聲入硯池中」的優美情境，帶出讀書的美好享受。「窗竹」與「書案」交疊，「野泉」與「硯池」相映，將人文與山水巧妙的綰結在一處，直有引人入勝之妙。接著才帶出「少年辛苦終事成，莫向光明惰寸功」的勸諭之意，惟有少壯時努力向學，老來方無悔恨之餘地，可說是對少年勸學的至理名言。

是以，杜荀鶴以其年年落榜卻終得進士的親身經歷，勸諭眾弟侄們努力向學，可謂用心良苦。「少年辛苦終事成，莫向光明惰寸功」無疑地仍十分適用於當代；詩句裡的深刻涵蘊，至今依然擁有深沉而厚重的意義呢。

（原載《人間福報》第十四版〔縱橫古今〕，二〇一〇年八月二十三日）

江山代有才人出

「江山代有才人出」語出清代詩人趙翼〈論詩〉：「李杜詩篇萬口傳，至今已覺不新鮮。江山代有才人出，各領風騷數百年。」

詩人說道，李白和杜甫的詩篇已經有成千上萬人爭相傳誦，直到現在讀起來已沒有什麼新意了。每個時代裡總有才華洋溢的人出現，他們的文章及人格風範也都會各自流傳數百年的啊。

清代詩人趙翼（一七二七～一八一四）也是史學家，乾隆二十六年進士，授翰林院編修。乾隆三十八年辭官家居，一度主講揚州安定書院。趙翼詩與當時的袁枚與蔣士銓合稱「乾隆三大家」。趙翼論詩與袁枚相近，亦重性靈，其〈閒居讀書作六首〉之五即有云：「力欲爭上游，性靈乃其要。」其個人存詩四八〇〇多首，思想新穎，語句淺近。而此詩〈論詩〉更是標舉他的詩學理念最好的明證——重視詩家的創新，且為其一生詩作中最膾炙人口者，至今不衰。

趙翼論詩較提倡創新的概念，反對前明時代前後七子的模擬之風，此詩就是他對詩風代變這一理念的說明。趙翼首先舉出詩歌史上兩位最知名的大詩人——李白、杜甫為例，即使是李、杜這樣的大詩人，其詩作已流傳千百年，早已無與倫比，地位無可動搖了；但就連這樣偉大的詩篇，也早就不能予人新鮮之感了。但是，從歷史進程而言，每個時代都有它足以帶領風騷的指標人物，不必總是貴古賤今。換言之，那些各個世代裡帶領風騷的人，其影響力大多也不過數百年而已，意即詩作應隨時代發展而力求創新，毋需刻意在古人身後亦步亦趨。

是以，後二句「江山代有才人出，各領風騷數百年」，從此成為傳誦至今的名言。它的涵義已不再侷限於趙翼當年所指陳的詩歌理念了，後人使用它往往為了表達他們對人生與時局互動的看法。簡言之，無論時勢造英雄，抑或英雄造時勢，每個世代總會誕生幾位了不起的人才，能夠左右時局、足以呼風喚雨。然而時移事往，英雄總也有淡出的時候，此時人們往往興發「江山代有才人出，各領風騷數百年」之慨。

在時代的催迫之下，收拾起昔日光華的英雄們，深刻明瞭這兩句名言裡的人生智慧——每個時代都有屬於它的偉大人物，無可逗留、毋需戀棧。

（原載《人間福報》第十四版〔縱橫古今〕，二〇一〇年九月六日）

近水樓台先得月

「近水樓台先得月」語出宋代詩人蘇麟〈斷句〉：「近水樓台先得月，向陽花木易為春。」

詩人寫道，靠近水邊的樓台因沒有樹木的遮蔽，往往最先看到月亮。迎著陽光的花木，由於日光照射得多，所以成長得亦較其他未向陽者來得早，容易呈現一片欣欣向榮的景象。

宋代詩人蘇麟，生卒年事蹟不詳，僅此兩句詩傳世，便足矣。詩句的流傳據說還與宋代大文豪范仲淹與關。故事是由宋代俞文豹《清夜錄》所記載的：「范文正公鎮錢塘，兵官皆被薦，獨巡檢蘇麟不見錄，乃獻詩云：『近水樓台先得月，向陽花木易為春。』公即薦之。」

故事是這樣的，眾所周知，范仲淹乃宋代知名的政治家，也是文學家，其〈岳陽樓記〉至今傳誦不絕，尤其是「先天下之憂而憂，後天下之樂而樂」的佳句。范仲淹一生多次在朝擔任要職，亦曾鎮守地方。其中一段時間，他便曾經鎮守錢塘（杭州），在職期間經常提拔手下，大家都對他都很是滿意。其中一位叫蘇麟的巡檢，因經常在外，一直未得到范仲淹的提拔。眼見同僚們一個個升遷了，自己還在原地踏步，不知如何是好。終於他想出了寫詩向范仲淹請教的妙招，實際上是藉此提醒他別忘記自己。蘇麟所寫的詩句便是「近水樓台先得月，向陽花木易為春」這兩句，范仲淹讀著讀著，發出會心的微笑，他完全讀懂了蘇麟的言外之意。很快地，蘇麟便同樣獲得了范仲淹的提拔。

「近水樓台先得月，向陽花木易為春。」寫得極為含蓄，藉由自然景物的變化，比喻由於環境上的有利條件，容易優先得到機會或利益之意。蘇麟借由詩句之含蓄，向范仲淹暗喻了一件他難以明說的事實：靠近你范仲淹身邊的人都得到舉薦了，卻難為了我蘇麟這樣在外工作的人啊。此後，這兩句詩便流傳開來，有時也簡省為「近水樓台」四字，成為千百年眾口傳誦的名句。如：高陽《胡雪巖全傳》之《燈火樓台》亦有這樣的句子：「你的夫星緊靠在你，近水樓台先得月，應該你占上風。」便是這個意思。

回觀蘇麟的一生，雖僅留下這兩句不算完整的詩句，卻使得「近水樓台先得月」成為至今沿用的名句，相較於許多一生做詩千百首卻不見得傳世的詩人而言，蘇麟此生因兩句詩而留名，大約連他自己也要說聲「平生之願足矣」了罷。

（原載《人間福報》第十四版〔縱橫古今〕，二〇一〇年九月十三日）

亦狂亦俠亦溫文

「亦狂亦俠亦溫文」語出清代詩人龔自珍〈己亥雜詩〉：「不是逢人苦譽君，亦狂亦俠亦溫文；照人膽似秦時月，送我情如嶺上雲。」

詩人寫道，我逢人便稱讚您，不是沒道理的。您既有狂態，復有俠氣，更顯溫文儒雅。詩人之間肝膽相照，像極秦時之明月。您為我送別之深厚情意，猶如嶺上之雲般高潔。

龔自珍（一七九二～一八四一），號定盦，杭州人。身為清朝中後期著名的思想家與文學家，龔自珍三十八歲中進士後，留京任禮部主事等職，曾提出一些政治改革之議，但不被重視。尤其是他和林則徐、魏源等人同屬新派知識份子，乃因之得罪權貴而被排擠。其後回杭州擔任紫陽書院及丹陽之雲陽書院講席。淑世理想的幻滅，直接促使龔自珍在辭官南歸途中，瀟灑寫就三一五首具有濃厚自傳性質的〈己亥雜詩〉。這三一五首七絕，不僅是他一生經歷的呈現，更啟蒙了此後鴉片戰爭以降的所有知識分子。

這首出自〈己亥雜詩〉第二八首的作品，是龔自珍在辭官歸途中辭別好友黃玉階時所作。詩人以「亦狂亦俠亦溫文」形容好友既狂又俠兼且溫文儒雅的特質。然而，詩人與好友之間既肝膽相照，此形容何嘗不是龔自珍的自況？接著，龔自珍更以「秦時月」與「嶺上雲」稱道自己與好友之間的情誼，以及彼此的人格特質。無論清風明月或高山浮雲，都是龔自珍對高潔人格的美好展示。

特別是，龔自珍自年少起便以「狂」著稱，而他任職朝中時對時弊之痛心疾首，在當權者眼中看來，更是刺耳（目）狂言。因此，龔自珍在好友為他送行之際，便以如此具備「狂」味的詩句送給好友，可見詩人之「狂」其來有自。

整體言之，不拘小節、特立獨行的龔自珍，不只「狂」，更有「俠」氣，以及傳統知識份子的「溫文」特質。而其所展現的狂放不羈與俠骨風流，更體現了中國傳統俠者與俠文學的重要特質。

因此，當我們讀著〈己亥雜詩〉中的「亦狂亦俠亦溫文」之際，便彷彿自有一股狂俠之氣迎面而來。而詩中所展示的深切激越，正是龔自珍一貫深沉而豪邁的俠骨風流，字句力透紙背，如在眼前。

（原載《人間福報》第十四版〔縱橫古今〕，二〇一〇年十月二十五日）

一簫一劍平生意

「一簫一劍平生意」語出龔自珍〈漫感〉：「絕域從軍計惘然，東南幽恨滿詞箋；一簫一劍平生意，負盡狂名十五年。」

人說道，面對西北邊疆的動亂，極欲從軍報國卻未能如願；而面對東南沿海一帶橫遭殖民主義者入侵的現實，更是束手無策，只能賦詩以憂國。我既有賦詩憂國的怨憤幽情，更有持劍報國的雄心壯志，只可惜至今仍是辜負了我這十五年來的狂名。

龔自珍（一七九二～一八四一），清末思想家、文學家。出身世代官宦學者家庭，他一生創作，認為文學必需有用。他心目中的詩和史一樣，乃是具有對社會進行批評的「詩史」。因此，他打破清中葉以來詩壇模山範水的局面，總是著眼於現實政治而縱橫議論。其晚年著名的〈己亥雜詩〉中，更是指出了外國資本主義勢力對中國的侵略以及人民的苦難，表達他對現實深切的同情。而此詩正是龔自珍寫於清道光三年（一八二三）的名作，詩中所慨嘆的東南沿海形勢，正是近代外侮入侵的最好見證。

此詩尤以「一簫一劍平生意，負盡狂名十五年」二句為知名。此二句可與其「沉思十五年中事，才也縱橫，淚也縱橫，雙負簫心」（〈醜奴兒令〉）參看，由此可見龔自珍如何地沉思國事，並寄託深遠。

其實，龔自珍經常於詩中使用「劍」或「劍氣」、「簫」或「簫心」這兩種意象，以寄託他的心志。他曾於〈己亥雜詩〉中寫道：「少年擊劍更吹簫，劍氣簫心一例消」，更可見他對於抱負無法實現的苦悶之感。龔自珍這些「劍」、「簫」對舉的詩句，觸處可見其既激越復婉約、積極任事又低沉不遇的雙重性情。他既以「劍」抒胸臆，復以「簫」寄詩魂。既胸懷天下，渴望建功立業；又吟詠風月，寄情詩賦。於是，他的詩作往往因此呈露了疏狂進取與淺斟低唱這兩種衝突的美感表現。

是以，「劍氣」與「簫心」，一壯美一優美，往往和諧地熔鑄在龔自珍的詩作裡，「怨去吹簫，狂來說劍，兩樣消魂味」（〈湘月〉），龔自珍如是自言道。達則仗劍報國以大展雄才，窮則吹簫弄文以遠避塵囂。無論兼善天下或獨善其身，龔自珍皆以磊落之筆曲盡至深之情，「一簫一劍」正是他的「平生意」，幾可概括他的一生，鬱勃蒼涼，令人動容。無怪乎龔自珍以「狂」名天下，洵非虛言。

（原載《人間福報》第十四版〈縱橫古今〉，二〇一〇年十一月一日）

爭得梅花撲鼻香

「爭得梅花撲鼻香」語出唐代黃檗禪師〈上堂開示頌〉（《宛陵錄》）：

「塵勞迥脫事非常，緊把繩頭做一場。不是一番寒澈骨，爭得梅花撲鼻香。」

詩人說道，修道過程就像脫胎換骨一般，這個艱辛的歷程，確是非比尋常，不能心存取巧，需要全身心的投入。因此，對自己心念的看管就要像牧牛人拉住牛鼻一般不能有所放鬆，以免牛隻吃掉莊稼。這樣收心專注的刻苦參禪，正如同梅花一定得在刺骨寒冬中開花一般，否則它又怎麼能夠散發出撲鼻芳香？

詩人乃唐代僧人希運（？～八五〇），幼年出家於洪州（今江西南昌高安）黃檗山上。後因酷愛此處，開宗說法時便以黃檗名世，世稱黃檗禪師。黃檗門徒眾多，乃禪宗五大宗之一臨濟宗祖師臨濟義玄的師傅。據聞其相貌特殊，額肉隆起如珠。黃檗禪師聰慧敏學。從懷海禪師處得法後，曾應唐代重臣裴休之邀，擔任洪州（今江西南昌）龍興寺住持，禪風因此大盛。其後，裴休鎮守宛陵（今安徽宣城），亦建寺並迎黃檗禪師說法，並將他的語錄編成《黃檗山斷際禪師傳心法要》和《黃檗斷際禪師宛陵錄》各一卷行世。

據此，則身為禪宗大師的黃檗禪師雖非所有讀者熟知的詩人，但他這首名詩卻流傳千古，尤其是後兩句「不是一番寒澈骨，爭得梅花撲鼻香」，早已成為人人爭誦的名句了，一般多將之改寫為「不經一番寒澈骨，哪得梅花撲鼻香」。

無論如何，這首深具勵志性質的詩作，對於修道之人，乃至一般人，皆有正面提攜的意義。修道猶如一場無止盡的馬拉松跑步，考驗的是修道主體的耐心與耐力，因此努力收緊自己隨時可能散逸的念頭，其重要性可見一斑。然而，四散飛逸的念頭往往猶如奔騰牛馬般難以收束，愈如此便愈需要全身心的投入其中，如此方有脫胎換骨之可能，彷若浴火重生般死過一回又活了過來。因此，修道過程絕對艱辛，正如擁有撲鼻芳香的梅花絕對是由刺骨風寒中挺立過來一般，彌足珍貴。

是以，所有成大事立大業者，其人生歷練即為一場艱辛的修道過程，背後必有不為人知的酸辛淚水，以「吃苦當吃補」的精神面對所有磨難，方有所成。這也可以想見，何以「不是一番寒澈骨，爭得梅花撲鼻香」能夠如此知名，只因它道盡了天下人的共同心聲。

（原載《人間福報》第十四版〔縱橫古今〕，二〇一〇年十一月十五日）

不一拘格降人才

「不拘一格降人才」語出龔自珍〈已亥雜詩〉第一二五首：「九州生氣恃風雷，萬馬齊瘖究可哀。我勸天公重抖擻，不拘一格降人才。」

詩人說道，只有風雷激盪的巨大力量，才能使中國大地生發勃然生氣；然而朝野皆對腐敗政局默然不語，實在值得悲哀。我要奉勸老天重新振作起精神，不要拘守一定規格，應該降生更多人才，以利國家改革啊。

詩人龔自珍（一七九二～一八四一），出身名門，父親麗正官至蘇松太兵備道，署江蘇按察使；母親段馴則為知名學者段玉裁之女，著有詩集《綠華吟榭詩草》。因此，龔自珍七歲時便由母親段馴親自教授唐詩；十二歲時，又受到外祖父段玉裁指點，學習音韻訓詁之學，期望他成為一個「以經說字，以字說經」的學者。龔自珍又受到當時崛起的春秋公羊學影響甚深，摒棄考據訓詁，一心追求經世致用之學，亟思改革。青年時代所撰〈明良論〉、〈乙丙之際箸議〉等文，揭露腐敗的專制政權，鋒芒已現。二十七歲中舉後，五次會試均落選，直至三十八歲那年第六次會試始中進士。但僅在京城擔任閒職，雖曾提出政治改革的建議，但不被重視；其後更因言論激烈，受到權貴排擠。一八三九年，四十八歲的龔自珍辭官歸里，回到杭州家鄉擔任教席。在漫長的歸途中，龔自珍寫下了長篇詩歌〈己亥雜詩〉三一五首，將大半生的經歷吟成詩句，成為別出心裁的「自傳體詩歌」。這首錄自〈己亥雜詩〉第一二五首的詩裡，可以看到龔自珍雖在辭官南返的途中，其政治心聲仍是慷慨大氣的。

簡潔的詩歌，表達了龔自珍對於政治社會的看法。首先，他慷慨陳詞，指出了萬馬齊瘖、朝野噤聲的悲哀現實。接著暗示要改變這種沉悶與腐敗，需要依靠一股波瀾壯闊的巨大變革，才有可能使中國生氣勃勃；而改革的關鍵正是人才。因此，唯有朝廷願意破格薦用人才，才有改變的可能。因此，龔自珍大聲向老天疾呼，請祂重新振作精神，多為人間降生更多人才。由此可見，龔自珍處在非常時刻，深知力挽國家狂瀾的大任，唯有繫於秀異人才的崛起。足見其識見之深刻。

一百多年前，龔自珍用盡生命力量的吶喊，除了為沉痾已重的國家把脈並提出破拔人才的良方，同時也為自己大半生的沉浮不定下了註腳。若當年有人適時地破格錄用他，目今或許氣象一新也說不定。因此，李白當年「天生我材必有用」的慨嘆，也在龔自珍身上隱約重現；而今人似乎也仍舊面臨著龔自珍當年的情境。人才確乎需要伯樂，古今皆然。

（原載《人間福報》第十四版〔縱橫古今〕，二〇一一年三月二十八日）

少壯幾時奈老何

「少壯幾時奈老何」語出杜甫〈渼陂行〉：「岑參兄弟皆好奇，攜我遠來游渼陂。天地黤慘忽異色，波濤萬頃堆琉璃。琉璃汗漫泛舟入，事殊興極憂思集。鼉作鯨吞不復知，惡風白浪何嗟及。主人錦帆相為開，舟子喜甚無氛埃。鳧鷖散亂棹謳發，絲管啁啾空翠來。沈竿續蔓深莫測，菱葉荷花靜如拭。宛在中流渤澥清，下歸無極終南黑。半陂已南純浸山，動影裊窕冲融間。船舷暝戛雲際寺，水面月出藍田關。此時驪龍亦吐珠，馮夷擊鼓群龍趨。湘妃漢女出歌舞，金支翠旗光有無。咫尺但愁雷雨至，蒼茫不曉神靈意。少壯幾時奈老何，向來哀樂何其多。」

唐天寶十三年（七五四），杜甫定居長安，當時四十三歲的他寫下了這首〈渼陂行〉。渼陂源出終南山，當時人們多來此泛舟遊玩，故址於今陝西戶縣。詩中所指岑參也是盛唐知名詩人，為杜甫好友。此詩乃杜甫與岑參兄弟同游渼陂時所作，述及泛舟渼陂，遭遇天氣變化之際的各種景象，在似幻如真的想像中所呈現的獨特浪漫氣息。

詩首二句交待了游覽的緣由，接著轉入對渼陂風光的描寫。可見詩人嚮往渼陂已久，卻託言岑參兄弟之「好奇」，其實指的正是詩人自己。然而，杜甫與岑參兄弟正待欲好好游賞渼陂景致之際，不料風雲變色，頓時波濤洶湧、天地慘澹，遊玩的興致立即轉成憂思，眼前的惡風巨浪隨時可能會掀翻小舟。

正發愁之際，急風驟雨卻也來得突然，去也迅疾。忽而便風平浪靜，湖面游船也陸續升起片片錦帆。一時間權歌四起、水鳥輕飛。雨後清新的空氣令人舒暢，菱葉荷花更呈露逼人的潔淨。終南山倒映於水面，水波浮漾，似幻如夢至極，幾使人忘卻流光。

便如此泛舟到了雲際寺時，天色已昏暗。不久，一輪皓月躍出映入水面，如詩似畫，無以名狀。值此幻夢之境，詩人不免引動了更多奇思妙想，將渼陂的知名景點一一幻化為夢境般的圖像，無論「驪龍吐珠」、「馮夷擊鼓」、「湘妃歌舞」或是「金枝翠羽」等，皆靈動逼真，如在目前，直有登臨仙境之感。杜甫將泛舟游湖描繪得猶如身在迷離之境般，氣氛詭異，神靈下降，直追曹植〈洛神賦〉，對於向以寫實詩著稱的老杜而言，這般神奇想像特別引人注目。

最後，杜甫以「少壯幾時奈老何，向來哀樂何其多」做結。在此天成美景所幻化的神靈境界裡，筆鋒頓轉，回到現實。如今只恐雷雨將至，如在年少之日卻已慨歎年老之悲。「少壯幾時奈老何」似即託寓中年杜甫對自己前半生的慨嘆，至今仍不得志，無奈老之將至，但又能如之奈何？眼前景致再美，亦不得不回歸現實之境！

（原載《人間福報》第十四版〔縱橫古今〕，二〇一一年五月九日）

寧可枝頭抱香死

「寧可枝頭抱香死」語出南宋鄭思肖〈畫菊〉：「花開不並百花叢，獨立疏籬趣無窮。寧可枝頭抱香死，何曾吹落北風中？」

詩人說道，菊花不與百花一同綻放，獨自開在百花叢外的疏籬間，享受著無窮樂趣。它寧願獨自綻放，在自己的花香裡凋謝，也不願等到冬天被凜冽的北風吹落。

南宋詩人兼畫家鄭思肖（一二四一～一三一八），於元兵南下時，上疏直諫痛陳抗敵之策，惜未被採納。宋亡，鄭思肖孤身隱居蘇州。為寄託愛國情懷，鄭思肖坐臥必朝南，自號「所南」。所居之處命名為「本穴世界」，寓意「大宋遺民」。此外，鄭思肖善畫墨蘭，宋亡後，其所畫蘭花未見根部，寓意宋朝淪亡的現實。其憂憤之心由此可見。因此，他以〈畫菊〉自喻，更可見他的不凡情操。

在這首〈畫菊〉詩中，鄭思肖藉菊花的孤高自處以託物言志，其實暗藏著詩人的人生態度及其對理想的追求。試想，每到深秋眾花凋零之際，人們往往便會在疏籬野徑裡瞥見菊的蹤影。它往往獨立自在，不旁逸斜出，以一貫的清逸，令人神清氣爽。而生命力頑強的菊花，往往臨風霜而綻放芳姿，寧可自抱菊香而枯死枝頭，亦不願被北風乾枯了它的枝葉與花朵。因此，菊花的離群自處，特別顯示出一種獨特的趣味。尤其是菊花寧願在自己的花香裡枯死枝頭，亦絕不願被北風吹落於地的傲骨，令人動容。

而菊花的一身傲骨，不也正是鄭思肖自己的寫照嗎？他以畫菊之孤傲絕俗，表彰了自己的高風亮節，以及誓死不願低頭向元朝的決心。因此，〈畫菊〉不止是菊花的形象之呈現，也是鄭思肖的人生體悟之所在。

而菊在百花之中，更與梅、蘭並列高潔之物。菊花所代表的超脫名利的淡定與從容，以及它在北風中寧可抱香死枝頭的堅忍形象，確乎值得玩味。賞菊之高潔，無形中亦提升了自己的精神世界，彷彿自闢一方純淨的心靈空間。

因此，鄭思肖以「花開不並百花叢，獨立疏籬趣無窮」寫出了菊花的淡定與從容。也以「寧可枝頭抱香死，何曾吹落北風中？」寫出了菊花的孤傲與堅忍。是以，〈畫菊〉正是鄭思肖不屈不媚的人生態度的最佳註腳。

（原載《人間福報》第十四版〔縱橫古今〕，二〇一一年六月十三日）

吹盡狂沙始到金

「吹盡狂沙始到金」語出唐詩人劉禹錫〈浪淘沙〉九首之八：「莫道讒言如浪深，莫言逐客似沙沉。千淘萬漉雖辛苦，吹盡狂沙始到金。」

詩人說道，不要說流言蜚語如同惡浪般使人無法脫身，也不要說被貶謫的人好似泥沙般永遠沉淪。淘金總要歷經千萬遍過濾，雖然辛苦，但也只有淘盡了泥沙，才能顯露出閃亮的黃金啊。

唐代詩人劉禹錫（七七二～八四二），以〈陋室銘〉與〈烏衣巷〉詩知名於世。自小才學過人，出身自世代書香門第。敏而好學的劉禹錫十九歲遊學長安，上書朝廷。後考取進士，任監察御史等職。由於他對當時的政治現實極為不滿，曾參與改革，以致遭貶，期間長達二十三年。穆宗年間（八二二），劉禹錫任夔州（四川奉節）刺史，約二年八個月的任期裡寫作詩歌五一首，文一四篇。這首〈浪淘沙〉便是劉禹錫被貶夔州期間所作，以蜀地之淘金活動表達遷客情懷，別致中自有深意。

一生坎坷仕途的劉禹錫，屢遭貶謫，但其志不衰且胸懷曠達。長期謫居邊地的歷練，使劉禹錫終於體認自己的價值——絕非無用之沉沙，而是沉沙之中的黃金。他在蜀地看到淘金人家的辛苦，總要千淘萬漉才能得出一些寶貴的金子，這種不畏艱辛的態度，啟發劉禹錫重新認同自己。

做為一名飽受「讒言」之苦的「逐客」，劉禹錫必然曾經憤懣不平，質疑自己，尤其在迭遭流放的不安定中，更是苦不堪言。然而，平凡淘金人的表現，終究使他深刻體會自己並非無用之泥沙，而是沙中難得的閃亮黃金。淘金的形象譬喻，使他堅信被讒言所傷之人，終有沉冤昭雪的一天。「千淘萬漉雖辛苦，吹盡狂沙始到金」的敘寫中，宛然可見劉禹錫以詩明志的快意。

正所謂「自古雄才多磨難」，人生之路必然巔簸，任何人皆必需經受諸多挫敗的磨練，方得以粹煉出獨特的人格魅力。若想成為人上人，更是必需禁受得起艱鉅的挑戰。人生路途之艱難，往往在於公平正義之隱蔽不彰，求告無門。然而，苦難卻也正好是可以磨利意志的菩薩；通過苦難的洗禮，方得以造就高貴的人格。因此，世間之有成者，莫不屬於「千淘萬漉雖辛苦，吹盡狂沙始到金」的有心人，能堅持到底的人，才是真正不怕淘洗的黃金。

因此，古來通過逆境而成大器者，往往不刻意迴避無法迴避之痛苦，惟有直面苦難，方得以照見自己的真正價值。因此，苦難正是粹煉我們的最佳菩薩；感謝苦難，使我們成長。

（原載《人間福報》第十四版〔縱橫古今〕，二〇一一年六月二十七日）

千磨萬擊還堅勁

「千磨萬擊還堅勁」語出鄭燮（鄭板橋）〈竹石〉：「咬定青山不放鬆，立根原在破岩中。千磨萬擊還堅勁，任爾東西南北風。」

詩人說道，竹子牢牢地咬定青山不放，還把它的根深深地紮在破裂的岩縫之中。僅管遭受千萬種磨難與打擊，它還是堅韌挺拔；不管東西南北風，都不能使它有絲毫的動搖。

清代詩人鄭燮（一六九三～一七六五），字克柔，號板橋、板橋道人，是學者、詩人，也是書畫家。自幼博學強記，乾隆年間中進士。鄭燮為官清廉，愛民如子。後因老病罷官，客居揚州，以賣畫為生。鄭燮之詩、書、畫成就極高，號稱「三絕」，被封為「揚州八怪」之一。其詩追慕陶潛與陸游之風；書法則創造「六分半書」的書體，亦稱「板橋體」。

而他最知名的畫竹，則神似蘇軾。蘇軾生性愛竹，曾吟出「可使食無肉，不可居無竹。無肉令人瘦，無竹令人俗。」這樣的名言。可見，竹在中國士人心目中的地位。而鄭燮更是有名的竹癡，他通過對竹子長期而細膩的觀察，繪出姿態紛呈的竹子。其自述：「余家有茅屋二間，南面種竹。……。風和日暖，凍蠅觸窗紙上，冬冬作小鼓聲。於時一片竹影零亂，豈非天然圖畫乎！凡吾畫竹，無所師承，多得於紙窗粉壁日光月影中耳！」（〈畫竹〉）可見其畫竹乃師承自然，大多從紙窗上、粉壁上、日光下與月影中得到啟發。鄭燮畫竹也主張意在筆先，自述：「江館清秋，晨起看竹，煙光日影露氣，皆浮動於疏枝密葉之間。胸中勃勃遂有畫意。其實胸中之竹，並不是眼中之竹也。因而磨墨展紙，落筆倏作變相，手中之竹又不是胸中之竹也。」（〈畫竹題記〉）簡言之，其畫竹乃「胸有成竹」、「成竹在胸」是也；而畫竹，原是畫出自己的心志罷了。

因此，鄭燮喜畫竹，其題畫詩往往含有以竹喻人之意。這首託物言志的題畫詩，不僅呈露了詩人對竹子堅定精神的讚賞，也隱約託寓了自己的風骨。鄭燮所寫之竹，不但竹枝勁拔，且有「千磨萬擊還堅勁」的頑強不屈。而生活中的鄭燮，不但種竹、畫竹，且詠竹，懂得聽竹、觀竹，可謂竹的知音。

「綠竹猗猗」（《詩經‧國風‧衛風》），虛而有節，終年常青，一向具有奮發向上的表徵。古往今來，多少士人無一不喜竹節之美。鄭燮此詩所指出的便是，做人也應如竹子一般活得剛勁有力，洵非虛言。

（原載《人間福報》第十四版〔縱橫古今〕，二〇一一年七月二十五日）

遠看方知出處高

「遠看方知出處高」語出香嚴閒禪師與唐宣宗李忱合寫的〈瀑布聯句〉：「千巖萬壑不辭勞，遠看方知出處高。溪澗豈能留得住，終歸大海作波濤。」

詩人說道，涓涓細流不辭辛勞的匯集成壯觀的瀑布，遠處觀看才知道它的出處之高。然而，它也謝絕溪澗的挽留，繼續奔騰流向大海，並決心化作洶湧澎湃的波濤。

此詩由香嚴閒禪師與唐宣宗李忱合寫。李忱即唐宣宗，為憲宗第十三子。他是晚唐皇帝中聲譽較高的一位，有「小太宗」之稱（《資治通鑑》）。唐宣宗未登基前，為避宮廷爭鬥而遠隱山林為僧。某次與香嚴閒禪師同行觀瀑，禪師吟誦瀑布得一聯詩句，即此詩前兩句「千巖萬壑不辭勞，遠看方知出處高」，李忱續成，乃得後兩句「溪澗豈能留得住，終歸大海作波濤」。於是，兩人合出了這首氣勢磅礴的名詩。

此詩前兩句敘寫瀑布之形成。深山裡往往有無數涓涓細流，逐漸匯聚為山泉、大河，終究成為壯觀的瀑布。以「不辭勞」三字擬人化地敘寫瀑布匯聚細流的勞苦精神，頗有「泰山不讓土壤，故能成其大；河海不擇細流，故能就其深」（李斯〈諫逐客書〉）的哲理。因此，禪師說道，近觀巨瀑，往往只能見其一落千丈之勢，卻難以窺其出處所在。只有拉開距離遠望，才能得知它的來處。是以，暗喻英雄仍需伯樂之慧眼，才能看出他的「出處高」。因此，禪師觀瀑而能觀出不辭艱難必能鍾鍊出偉大人格的涵義，有暗示李忱當時處境之意，也可見禪師深知李忱之心。

然而，李忱續詩，再以「溪澗」為主軸，以迴映首句之「千巖萬壑」，再度深刻說明了山泉在巖壑中奔流，往往會遇到「何必奔沖下山去，更添波浪向人間」（白居易〈白雲泉〉）的勸阻。然而，即使身為細流，也不會永久安逸於現狀的；它總也心向大海，不斷要向前奔去的。因此，後聯所呈露的一往向前的信念和決心，很能見出沉潛中的李忱之鴻鵠壯志。可見，李忱在後兩句中也寄寓了自己不甘寂寞且亟思有所作為的心懷。此後，李忱果真登基成為唐宣宗，實現了他的平生大志。

因此，這首託物言志的觀瀑詩，描繪了瀑布之歷盡坎坷最終奔向大海的堅苦卓絕形象，也以此託寓了詩人對人生的思考。人不應滿足於現狀，只有胸懷壯志者，方能不畏艱難地努力實現人生的價值。觀瀑而得此領悟，更呈顯兩位詩人之豁達，誠然。

（原載《人間福報》第十四版〔縱橫古今〕，二〇一一年八月十五日）

卷二

書卷多情似故人——儒雅文心

人生識字憂患始

「人生識字憂患始」出自蘇軾〈石蒼舒醉墨堂〉：「人生識字憂患始，姓名粗記可以休。何用草書夸神速，開卷懵恍令人愁。我嘗好之每自笑，君有此病何能瘳！自言其中有至樂，適意無異逍遙游。」首句即為千百來廣為稱頌的名句。

詩題之「石蒼舒」為當時善行草之文士，「醉墨堂」為其書室。此詩所說的卻是「讀書識字的壞處」。蘇軾認為一個人一旦讀書識字，他的一生便從此坎坷了；一般人其實只要識得自己的姓名便可以了。何必用草書來誇示神速呢？打開卷軸一看，其龍飛鳳舞往往使人無法辨認，徒增愁緒。我也曾經如此愛好草書，但往往自覺可笑，石蒼舒先生您有這種怪癖，如何能治癒？您說道書法這藝術有極致之樂趣，悠遊其中的適意無異於逍遙遊。

此詩作於宋仁宗熙寧二年（一〇六九），當時蘇軾三十四歲。蘇軾早於鳳翔府任內，即往來長安，屢屢造訪石蒼舒家，彼此情誼深厚。石蒼舒善行草，時人稱其得草聖三昧。石蒼書家藏有褚遂良〈聖教序〉真跡，醉墨堂即為石蒼舒之居室，取其醉心於書墨之意。可見蘇軾與石蒼舒之交誼，因書法而結緣，乃有此詩之誕生。

首二句可說充滿牢騷，或與當時蘇軾任官之處境有關。年少氣盛的蘇軾，往往形於顏色，與上司關係形同水火。後又因反對王安石變法，造成安石不悅，作此詩時，因心裡有牢騷，乃藉此銜口說出自己的「坎坷」。而石蒼舒的草書造詣甚得時人美名，蘇軾寫此詩不但未明白讚美一番，反倒說草書無用。之所以如此，自然是因為首句即破題「人生識字憂患始」；既如此，何需寫字多又快？並且還讓人迷亂不解。看似詈罵，其實是「明貶暗褒」石蒼舒的草書之美。

接著，蘇軾以「我嘗好之」與「君有此病」相對照，也是「明貶暗褒」之舉。「病」乃指石蒼舒之愛行草成癖，同時暗寓其功力之深。因此，蘇軾以《莊子》之〈至樂〉與〈逍遙遊〉兩名篇，以讚美石蒼舒的草書功力之深。

此詩看似貶抑善於「寫字」的石蒼舒，其實只是蘇軾藉好友之書法美名以發揮其個人牢騷的一種寫作策略罷了。然而，「人生識字憂患始」倒也真的令人心有戚戚，或許蘇軾著名的〈洗兒〉詩（「人皆養子望聰明，我被聰明誤一生。惟願孩兒愚且魯，無災無難到公卿」），正是這種心情的反映罷。

（原載《人間福報》第十四版〔縱橫古今〕，二〇〇九年十月十二日）

腹有詩書氣自華

「腹有詩書氣自華」出自蘇軾〈和董傳留別〉：「麤繒大布裹生涯，腹有詩書氣自華。厭伴老儒烹瓠葉，強隨舉子踏槐花。囊空不辦尋春馬，眼亂行看擇婿車。得意猶堪誇世俗，詔黃新濕字如鴉。」這首詩僅「腹有詩書氣自華」一句傳頌千古。

蘇軾此詩作於治平元年（一〇六四）十二月。時蘇軾罷鳳翔簽判赴任汴京，途經長安，與董傳話別而作。董傳曾在鳳翔與蘇軾交遊，窮困一生而早夭。因此，此詩乃讚揚寒士董傳的品格與才學，對其應舉落第表示遺憾與同情，並寄予深切的期望，處處可見蘇軾的真性情。

首聯描寫董傳的形象，身著粗布衣的他，因飽讀詩書而氣宇軒昂，形神豐美令人嚮往。「裹生涯」之「裹」乃經歷之意，設詞頗新穎，透露了蘇軾的才氣與用心。頷聯描寫董傳努力準備考試的身影，對於董傳從師學禮的認真，表達他的同情與鼓勵。當時一般舉子，通常都在六、七月間槐花黃時，忙著溫習功課、做文章，準備考試。

頸聯則描寫囊空如洗的董傳考場落第、無法娶妻的困窘。此處引用虞玩因貧困而舊屐著三十年不辦易的事典，以說明窮到無馬可騎的董傳，雖努力考試仍舊因落第失意，而無法娶妻的落魄狀。因此，董傳只能眼看其他考中的進士們，被官家挑為女婿，車馬盈庭的榮景，令人歆羨不已。末聯則是蘇軾對於董傳的期許。蘇軾認為董傳有朝一日必能順利中舉，幾乎可以想見當董傳接到任官詔令時，詔書猶濕、墨色猶黑的樣子。由此可見蘇軾對董傳的愛惜之心。

此後，詩裡的「麤繒大布裹生涯，腹有詩書氣自華」成為名句，尤其是身裹粗服的清貧與腹有詩書的飽滿，形成強烈對比。即使物質不豐，貧士仍能藉由飽讀詩書散發華美的丰采，可見外在氣質之美好與否，必得由內在之充盈飽滿外攝而來。後人更直接摘取「腹有詩書氣自華」一句做為勉人讀書勤學的警句，透過詩書之陶養，外在之貧寒非但無法摧折人心，反而更能激發寒士對自我的提昇，氣質自佳，不致流於卑陋之氣。因此，讀書往往成為勉人培養氣質的最佳途徑，由此觀之，「腹有詩書氣自華」之流布廣遠，洵非虛名。

（原載《人間福報》第十四版〈縱橫古今〉，二〇〇九年十月二十六日）

狂臚文獻耗中年

「狂臚文獻耗中年」典出龔自珍〈猛憶〉：「狂臚文獻耗中年，亦是今生後起緣。猛憶兒時心力異，一燈紅接混茫前。」

龔自珍（一七九二～一八四一）此詩，其詩題之「憶」字，不僅說明詩旨，也可視為此篇之眼目；「猛憶」應有「猛然憶起」之意。首句「狂臚文獻耗中年」，指的是詩人看到書案上堆積如山的文獻，想到那是自己多年心血寄託的結果，看來自己與這項工作似乎早已結下了難解的因緣了。「後起」二字耐人尋味，表明此事似非天性使然，更非初衷所致，其中似潛藏著一股無奈。可以想見，詩人置身於一屋龐大的文獻當中，忽然憶起年少時讀書的情景，當時的雄心壯志，與目前相較何等不同。於是，詩人在紅豔豔的桌燈所散開的光暈中，彷彿看見自己年少的模樣，頓時恍惚了起來。此情此景，可謂百感交集，其中況味，恐不足為外人道也。詩人於燈下憶兒時的情景，不免令人聯想陸游〈秋夜讀書每以二鼓盡為節〉中的詩句：「青燈有味似兒時」，陸游詩之溫馨有味與龔自珍詩之瑰奇，境界雖不同，但情景類似。

身為晚清大詩人的龔自珍，中年以後仕途失意，乃感慨良深。經常陷入矛盾與愁苦的情境當中，往往便以「狂臚文獻」慰勉自己，也就是此詩所稱「狂臚文獻耗中年」，亦是今生後起緣」這樣的心境。究其實，龔自珍的思想雖然批判不徹底，改良目標不明確，但他的政治態度始終積極，他認為清王朝是「衰世」，且已至「日之將夕」的地步，因此極確信將來的大變化，並對政治寄予極大熱情與希望。是以，當他無從發揮政治長才時，便轉而投入文獻整理之中，以傾注自己無窮無盡的入世熱情。

其後，一生愛書如命的鄭振鐸（一八九八～一九五八），便以龔自珍此詩之「狂臚文獻耗中年」自喻，充分說明自己的書癡性格。鄭振鐸經常為書耗費心神，四處搜羅，於他而言，摩挲一部久佚的古書，一部欲見不得的名著，或者是一部重要的未刻稿本，總是令他滿心溫熱，萬分喜悅。因此，鄭振鐸尋書、藏書與讀書的投入，令人印象深刻，素以訪求散佚珍本典籍而享譽士林。尤其是抗戰期間，鄭振鐸在日寇攻陷上海之後，深知江南雲集的歷代藏書樓和藏書世家很可能會毀於戰火或遭人賤賣，便不顧親友勸告，獨自留下來。可見他「狂臚文獻」的熱切之情。

因此，「狂臚文獻耗中年」所呈露的書癡精神，在鄭振鐸身上，可說是發揮得最淋漓盡致了。

（原載《人間福報》第十四版〔縱橫古今〕，二〇〇九年十二月二十八日）

萬紫千紅總是春

「萬紫千紅總是春」典出朱熹〈春日〉：「勝日尋芳泗水濱，無邊光景一時新。等閒識得東風面，萬紫千紅總是春。」

這是宋代理學家朱熹的詩作。他不但是宋代理學的集大成者，也寫過一些好詩，善於寓理於詩中，以〈春日〉與〈觀書有感〉較為知名。

詩人於首二句寫道「勝日尋芳泗水濱，無邊光景一時新」，指的是天氣佳美之時在泗水之濱游賞美景，但見春回大地，無限風光煥然一新。接著二句，詩人對東風做了人格化的描寫，「等閒識得東風面」說的是，當你一旦感受到東風拂面時，它已為大地披上全新的春裝了。而「萬紫千紅總是春」則說明絢爛春光帶來了一片蓬勃生機與嶄新活力。此情此景，令人輕易地便能感受到東風的面貌與精神；而萬紫千紅的好景，全是由春天點染而成的，人們亦由此認識了春天的到來。是以，後二句亦成為此詩裡的名句，流傳至今。

此詩乍讀僅為游春觀感，細究此詩卻另有奧妙。朱熹所尋之芳實指探求聖人之道。

原來，朱熹詩中尋芳之地——泗水（近山東曲阜），在宋室南渡時已為金人所佔；朱熹未曾北上，自然無此可能在在泗水之濱游春吟賞。而泗水實暗指孔門，因春秋時孔子曾於洙、泗之間弦歌講學，教授弟子，逝後亦葬於此。因此，泗水也代指孔子儒學。因此，泗水尋芳就是到孔子那裡去尋找真理，也就是此詩真正的主題所在。

而「萬紫千紅」則喻孔學之豐富多采。詩人將孔門聖人之道喻為催發生機、點染萬物的和煦東風。何以言之？詩人以河邊尋春為喻，說明探求孔門儒教之道的心路歷程。詩人一眼望去煥然一新，乃因天地間和煦的東風，催得百花齊放，乃使人們有萬紫千紅的春景可賞。因此，東風正是促使萬紫千紅、百花齊放的源頭。正如同孔門聖人之道得以啟發、引導人們一般。進而言之，孔門儒學的要義，一旦廣為普及，使人們欣然接受，便有聞道之樂趣，進而使社會產生蓬勃生機與嶄新氣象。因此，「等閒識得東風面，萬紫千紅總是春」亦有人們接受儒學的啟發與引導，使社會氣象一新的意義在內。

可見，朱熹〈春日〉不只是賞春游春之詩，也是一首寓哲理於寫景之中的理趣詩。是以，春日於泗水尋芳即為訪求孔門之道；而「萬紫千紅總是春」則說明孔門儒教所帶來的一片欣欣向榮之景，由此可見此詩之深義。

（原載《人間福報》第十四版〈縱橫古今〉，二〇一〇年二月二十二日）

風流儒雅亦吾師

「風流儒雅亦吾師」典出杜甫〈詠懷古跡五首之二〉：「搖落深知宋玉悲，風流儒雅亦吾師。悵望千秋一灑淚，蕭條異代不同時。江山故宅空文藻，雲雨荒臺豈夢思。最是楚宮俱泯滅，舟人指點到今疑。」

杜甫〈詠懷古跡〉共五首，分別指庾信故居、宋玉宅、明妃村、永安宮與武侯祠等五處古跡，此詩為第二首，杜甫藉詠宋玉以發抒自己與其文章同調而相憐之意。其餘各首皆自有指涉與懷抱。簡言之，借古跡以見己懷之意甚濃。

杜甫自唐肅宗乾元二年（七五九）十二月自甘肅入蜀，至代宗大歷三年（七六八）正月離蜀，約莫十個年頭。永泰元年（七六五），詩人已老，這年五十七歲的杜甫離開成都，次年（大歷元年，七六六）春夏之交來到夔州（四川奉節），又在此旅居近二年。夔州乃少數民族佔多數的邊遠之地，詩人在此不免鬱悶，加以一身貧病，青壯時期的雄心壯志，已逐漸化為沉鬱頓挫的深思。因此，弔古傷今、憶舊戀故與去國懷鄉之情，便成為杜甫夔州詩作的常見主題了。

此詩首句「搖落深知宋玉悲」之「深知」，點出此詩的眼目，說明當世與人「深知」之難得，乃遙寄古人以尋求聲息之相通。杜甫以自身處境，深刻理解宋玉當時的心境，即宋玉曾經感受過的「蕭條」之感；更懂得了宋玉在〈九辯〉所說的：「悲哉秋之為氣也，蕭瑟兮草木搖落而就衰」的「搖落」之意，那正是一種極深沉的來自歷史與時代的悲憤之感。是以，杜甫乃以「風流儒雅亦吾師」表彰他對於宋玉的崇仰。「風流儒雅」既標舉宋玉的人格與文風；「亦吾師」三字中又有自陳淵源宋玉、祖述其文之意；歷來詩人多無以忘懷屈宋，杜甫自無例外。由此可見，杜甫自認「深知」宋玉，言外之意便是「知音者稀」的當世慨嘆了。

接著，「悵望千秋一灑淚，蕭條異代不同時」承「深知」而來，杜甫之「灑淚」為的正是他已感受到了宋玉當年曾經有過的「蕭條」與「搖落」之感，因此為宋玉之悲而落淚。然而，杜甫更恨的是「異代不同時」，無法和宋玉同聲共感，僅能做為宋玉的異代知己，乃深有所慨。因此，最後四句，杜甫以「雲雨」點出至宋玉宅憑古弔今之感，一個「空」字加強了首句的「深知」，可見宋玉理想的完全落空。然而，儘管宋玉之宅已空，但幸其文藻能傳世能感人，這又是炙熱於一時的富貴權勢所難以望其項背的了。

是以，杜甫訪宋玉故宅進而大書宋玉之悲，借以一抒己懷，可見杜甫感慨之良深。惟有遙寄異代知己，以求相契共感罷，這也就是杜甫所謂「風流儒雅亦吾師」的真義了。

（原載《人間福報》第十四版〈縱橫古今〉，二〇一〇年六月二十八日）

語不驚人死不休

「語不驚人死不休」語出杜甫〈江上值水如海勢聊短述〉：「為人性僻耽佳句，語不驚人死不休！老去詩篇渾漫與，春來花鳥莫深愁。新添水檻供垂釣，故著浮槎替入舟；焉得思如陶謝手，令渠述作與同遊。」

詩人說道，年輕時作詩往往苦吟良久，為了寫出令人吃驚的妙句，總是刻意求好。如今年老作詩卻多半力不從心，只好隨興一些，已無年輕時那樣地深思熟慮了。既如此作不出什麼好詩，也就乾脆憑欄垂釣、浮槎替舟、游山玩水了。在遊觀山水美景之際，想要作點詩，卻感覺文思不如陶淵明與謝靈運，希望能請到他們來作詩，自己陪同游玩便罷了。

杜甫此詩作於唐上元二年（七六一），詩人時年五十歲，正居於成都草堂。詩題「江上值水如海勢聊短述」說明了詩人當時正遊觀如海勢般洶湧的江水，乃興發萬般感受，而有此敘懷之作。詩題之「如」字，使平凡無奇的江水之勢，頓時提高至海潮般壯美的層次。「水如海勢」之奇絕既已呈露了詩人超卓的氣度，緊接而來的「聊短述」更展現了詩人低抑的姿態，一揚一抑之間錯落有致，乃詩人一貫的風格。

杜甫在此詩裡審視了自己的創作，「語不驚人死不休」更因此成為千古佳句。其實，詩人之意與今人用法略有不同。詩人自謂平生特別喜歡刻意追求佳言美句，這種對詩文講究完美的態度，在他人看來簡直古怪甚至顯得乖僻。詩人自認作詩態度嚴謹，若不達語不驚人的地步，是絕不罷休的。詩人如此陳述自我之創作態度，頗有「聊短述」之慨，何以言之？自古以來，但凡敏感的詩人面對滔滔江水，總易生發「逝水如斯夫」或「時不我予」之感，眼前時刻奔流不止的江水，正如海潮般奔瀉，詩人思及年華不再，筆力漸禿，如何能不聊以自嘲？

詩人想著，既然歲月消逝如斯，對事物之感懷已無往日的激情，眼見春花春鳥，更已無年輕時所輕易生發之煩憂了；如今所寫之詩稿亦不過隨興敷衍而成罷了。因此，詩人將視線轉向眼前景致，或許初老的自己也可以開始以泛舟垂釣度日呢；可見詩人對年華老去之自嘲，以及對自己創作熱情消退之自省。然而，詩人對此滔滔江水，仍舊激起無限高昂的創作欲望，陶、謝正是詩人追慕不已的範型；顯見詩人仍有壯志要寫出更多驚人佳作。

「語不驚人死不休」出自一位千古詩人對自我創作的嚴謹要求，其原意深刻若此，今人用此，若能思及詩人之心境，將更添韻味。

（原載《人間福報》第十四版〈縱橫古今〉，二〇一〇年七月二十六日）

書卷多情似故人

「書卷多情似故人」語出于謙〈觀書〉：「書卷多情似故人，晨昏憂樂每相親。眼前直下三千字，胸次全無一點塵。活水源流隨處滿，東風花柳逐時新。金鞍玉勒尋芳客，未信我廬別有香。」

詩人說道，書籍對我而言可真像是老友般情深啊，早晚憂樂之間幸得他相伴相親。一眼掃過三千字，可見我的求知若渴；一旦投入書本當中，可謂胸無雜念。而經常讀書就像池塘不斷有活水注入般的永遠如新；更像東風催開百花、染綠柳枝般的煥然一新。一般玩物喪志的貴公子，那裡能夠懂得我的書房四季如春的勝景呢？

詩人于謙（一三九八～一四五七），明代錢塘（今浙江杭州）人，世稱于少保。于謙不只政績卓著，詩風遒勁，且以博學多聞知名，其勤學苦練之精神經由此詩而名傳後世。此詩可說是詩人的親身體會，竭力抒發其喜愛讀書之情，其說理之處猶率直可愛，使讀者頻生深得我心之感。此詩盛贊讀書之好，極寫讀書之趣，為歷代「讀書」類型詩歌中的佳作。

讀書，向來是中國文士日常極重要的活動。讀書人對文字與書籍所懷抱的特殊情感，猶如朋友相親之情。因此，詩首點出了書卷亦如朋友般，既多情且富感染力，與書相親的憂樂迷醉，只有好讀書者方能體會一二。詩人將書卷比作多情的老朋友，正說明了詩人手不釋卷的讀書之樂。正因有此樂，乃能沉浸其中；而一眼掃過三千字的急切，正說明了詩人的如飢似渴。同時，專心致志讀書，更使詩人心無雜念。此處適足以道出「寧靜以致遠」的讀書之道。

後四句則點出讀書的好處，直接化用朱熹〈觀書有感〉中「問渠那得清如許，為有源頭活水來」之鮮活意象，以此說明經常讀書就好像池塘不斷地有源頭活水挹注般，永恆清澈無比。同時，也化用朱熹〈春日〉詩「勝日尋芳泗水邊，無邊光景一時新。等閒識得東風面，萬紫千紅總是春」，寫出了讀書可使人與時俱進，不斷地提升心靈境界的道理。最後更以尋芳問柳的貴公子做為對照，以呈顯讀書人書房別有一番清香的氣息，並非不讀書者所能理解的。

是以，「書卷多情似故人」，可見讀書之妙趣橫生，淨化心靈之餘，往往易使人遁入美好化境，遂知書卷與老友一般令人沉醉。

（原載《人間福報》第十四版〔縱橫古今〕，二〇一〇年八月九日）

三更燈火五更雞

「三更燈火五更雞」語出顏真卿〈勸學〉詩：「三更燈火五更雞，正是男兒讀書時。黑髮不知勤學早，白首方悔讀書遲。」

詩人寫道，每天從夜半燈明至拂曉雞啼時分，皆是男兒讀書的最好時間。年少時若不懂得勤奮學習要趁早的道理，老來往往會後悔讀書良機已失。

詩人是唐代大書法家顏真卿（七〇九～七八五），開元年間進士。安史之亂時因抗賊有功，入京歷任吏部尚書等職，世稱顏魯公。在書法史上，他是二王（王羲之、王獻之）之後成就最高且影響最大的書法家。顏真卿書法初學褚遂良，後師從張旭，並汲取初唐四家特點，兼收篆、隸與北魏筆意，但後出轉精、自成一格，以豐腴雄渾、結體寬博、骨力遒勁著稱，世稱「顏體」，至今仍為書法初學者例必摹寫的重要範本。

顏真卿最值得稱道之處在於他的勤學，此詩即為明證。據聞顏真卿少時家貧，因缺紙筆，乃用筆醮黃土水在牆上練字。由此可知他的書法成就其來有自，絕非浪得虛名。以百歲高齡辭世的當代音樂大師黃友棣（一九一二－二〇一〇），年少困頓時無琴可練，乃在紙箱上畫上鋼琴的黑白鍵，日日夜夜勤練「紙」琴，終於成就他日後優異的音樂成就，顏真卿的勤學精神與此相仿，不由令人心生敬佩。

顏真卿一生流傳的書法作品甚多，詩作較少，其中最耳熟能詳的即為此〈勸學〉詩。此詩所說明的勤學道理，淺顯易懂。其中，尤以首句「三更燈火五更雞」最為人熟知，亦廣泛運用於今人之日常生活中。寂寂夜半正是男兒讀書的好時機，一旦深諳讀書之樂趣者，往往一頭栽進書卷中而不知東方之既白。這種渾然忘我的境界，正是勤學用功者經常可領略到的美好滋味。因此，顏真卿說道，黑髮年輕人往往不懂得勤學要趁早的道理而虛度光陰，總是要等到白首皤皤時，方才後悔讀書勤學來得太遲。因此，顏真卿以自身樂在讀書學習的親身體會，寫出了這首「老嫗都解」的〈勸學〉詩，以為勸世之用。

總之，此詩確有發人深省之作用，不只「三更燈火五更雞，正是男兒讀書時」已成名句，後二聯「黑髮不知勤學早，白首方悔讀書遲」更是警語。歷代不少以「讀書」為主題的詩，此詩宜為最明白易曉者。

（原載《人間福報》第十四版〈縱橫古今〉，二〇一〇年八月十六日）

踏破鐵鞋無覓處

「踏破鐵鞋無覓處」出自宋代詩人夏元鼎〈絕句〉：「崆峒訪道至湘湖，萬卷詩書看轉愚。踏破鐵鞋無覓處，得來全不費工夫。」

詩人說道，為了學道，由甘肅崆峒山一路辛苦的尋訪到杭州西湖附近；越想從萬卷詩書中尋找答案，越容易變得痴愚。即使把最堅固的鐵鞋都磨穿了，仍一無所獲，卻沒想到答案竟毫不費力地出現在眼前。

南宋詩人夏元鼎（約一二〇一年前後在世），浙江永嘉人，生卒年均不詳。自號雲峰散人、西城真人。夏元鼎博覽群書，屢試不第。後奔走燕齊之間，擔任賈、許二帥之幕僚，出入於行伍間。其後，某夜因感異夢，來到南岳祝融峰，遇著赤城周真人，求其指示，乃大悟。至此，夏元鼎已屆五十，終於棄官學道，其所述丹法強調自身修煉，屬於南宋清修派，亦與南宋學者真德秀交好。

夏元鼎能詩擅詞，此詩即為其名作，詩中道盡他自身的求道心聲，後二句「踏破鐵鞋無覓處，得來全不費工夫」更是傳世佳句。詩前兩句，由西徂東的艱辛訪求，博覽群書卻益轉痴愚；無論如何尋找，即使摩頂放踵亦未收效，卻沒想到後來完全不花一分力氣便找著了。這已充分說明了一心執著未必能獲得回報的道理，事物往往就在我們放棄之際，出現意想不到的結果。誠如辛棄疾〈青玉案・元夕〉所言：「眾裡尋他千百度，驀然回首，那人卻在燈火闌珊處。」急欲想要得到的事物，往往在我們焦慮執著之際，遍尋不著，卻總是在無意之間發現它正好出現在燈火希微之處，靜靜地等待著有緣人的留意呢。

此詩流傳甚廣，不斷被引用。如：明代馮夢龍《警世通言》的〈金令史美婢酬秀童〉也運用此詩：「金滿將大門閉了，兩個促膝細談。正是：踏破鐵鞋無覓處，得來全不費工夫！」元代馬致遠〈岳陽樓・第四折〉也有此詩的運用：「由你到大處告去，只揀愛的做。你道是踏破鐵鞋無覓處，算來全不費工夫。」《野叟曝言》第八十四回：「素臣見赤瑛解開裡衣，露出胸前，儼然是珠砂斑記，慌忙替他脫換，仔細看清，再看背後，亦是相同，不覺大喜。大笑道：踏破鐵鞋無覓處，得來全不費工夫，此之謂也！」可見此詩流傳之廣，至今未曾衰歇。

由夏元鼎一生苦求及第為宦、卻不甚順遂的歷程看來，此詩真可說是他一生訪道的最佳註腳。「踏破鐵鞋」的膠著，令人洩氣；一旦「得來全不費工夫」時，便能立時理解何謂「放手」的道理。握緊拳頭，很難擁有什麼；只有放開手掌，才能擁有全世界。

（原載《人間福報》第十四版〔縱橫古今〕，二〇一〇年九月二十日）

靈犀一點是吾師

「靈犀一點是吾師」語出袁枚〈遣興〉：「但肯尋詩便有詩，靈犀一點是吾師，夕陽芳草尋常物，解用都為絕妙詞。」

詩人說道，只要肯下點功夫，便能做出好詩。而這種創作卻是沒有老師指引的，憑藉的只是一瞬間的靈感。即使夕陽花草這樣平常的事物，都能在靈感觸發下的靈活運用成為絕妙好詞。

清代詩人袁枚（一七一六～一七九七）一生不廢吟詠，詩歌創作歷程貫串了他的一生，是位多產詩人。他與趙翼、蔣士銓並稱「乾隆三大家」，可見他在當時文壇上的地位和影響力。對當時詩風有所不滿的袁枚曾公開標舉「性靈說」，承繼晚明公安派袁宏道等人的文學理想。他認為：「詩者，人之性情也。近取諸身而足矣。」（《隨園詩話》），意即詩乃個人真性情的呈現，直接由身邊事物的觸發以尋找作詩靈感，即可成就佳句。如此作詩，方能獨出新意，自然有趣，無需一味模仿前人。袁枚的主張在當時頗受時人歡迎，慕名而來學詩者不可勝數，有一定的影響力。而思想通脫活潑的袁枚，其生活態度亦與時人大不相同。除了提早退隱金陵閒居隨園外，他也廣收學詩的女弟子，並編成《隨園女弟子詩選》；遍嘗天下美食，撰成《隨園食單》；明明是記述「鬼怪亂神」之事，偏偏標舉書名《子不語》。因此，袁枚以其身體力行了生活美學的真義。

通過袁枚這首〈遣興〉，更可見他對作詩的看法亦極強調生活化。他認為作詩是一種投入，一旦投入便有所成，因此「肯尋」二字標明了創作者的主動性，只要苦思冥想總會有好詩，用心作詩便一定有詩。但袁枚也提出「靈犀」的重要性，作好詩的關鍵還在於「性靈」之觸發。即由生活經驗之積累中加以體會，即便夕陽、芳草這樣尋常景物，只要懂得「解用」——理解運用，都能創造出絕妙好詞。是以，用心思考與隨機觸發，兩者相合，必有所成。

因此，袁枚在此強調作詩必須「肯」主動「尋」詩，則夕陽芳草這些尋常事物，也能在隨機觸發之下，轉化為絕妙好詞。「解用」尤其指出個人創見的重要性，而解用之妙便在於靈感之觸發與靈活運用之巧了。

是以，「靈犀一點是吾師」指點的是在生活中與尋常事物遇合時的一種態度，用心體會、隨機觸發，即可點石成金。化腐朽為神奇的功夫，正是詩歌迷人處。

（原載《人間福報》第十四版〔縱橫古今〕，二〇一一年五月九日）

功夫深處獨心知

「功夫深處獨心知」語出陸游〈夜吟〉：「六十餘年妄學詩，功夫深處獨心知。夜來一笑寒燈下，始是金丹換骨時。」

詩人說道，我六十多年來妄自學詩，功夫多深只有自己最清楚。夜深人靜之際，在寒燈下推敲詩文，忽然心有所悟而會心一笑。這才是真正像服食仙丹一般，達到了脫胎換骨的境界啊。

陸游（一一二五～一二一〇），年十二即能詩文，成年後仕途坎坷，迭遭貶謫。後與范成大以文字交，因不拘禮法，自號「放翁」。陸游一生亟思收復中原，被稱為愛國詩人。陸游才氣縱橫，自言「六十年間萬首詩」，事實上他確實為文學史上存詩最多的詩人。這首〈夜吟〉即陳述了詩人自己長達一甲子的學詩生涯以及箇中滋味的領悟。可見陸游寫作此詩應在七十餘歲的晚年，對人生的領悟已有一定的高度了。而「金丹換骨」這一成語之出處即在此。

這首〈夜吟〉也可說是陸游的悟道詩。學詩如同做學問般，都要經歷一段困惑的非常時期，之後才能有大突破。一旦有了新領悟，那種快樂確實不是一般人所能體會的。所以詩人才說「功夫深處獨心知」，可見這是一種神祕的個人獨享的境界。而「夜來一笑寒燈下」更點出了學詩做詩的妙處，儘管夜再深天再冷，仍不減學詩做詩的樂趣。「一笑」更是一種心領神會的境界的表達。唐代的苦吟詩人賈島曾有「兩句三年得，一吟雙淚流」（〈題詩後〉）的名句，而陸游的「夜來一笑」更貼切地陳述了苦吟詩句之後頓悟的快樂。

是以，詩人說這樣幾乎已算是達到了「金丹換骨」的境界了。傳說道家人士練成金丹，食用後可使人脫胎換骨。此處便以「金丹換骨」比喻作詩磨練之深如同煉丹，也暗示了自己的創作已進入另一番新境界。杜甫即有「讀書破萬卷，下筆如有神」（〈奉贈韋左丞丈二十二韻〉）的名句。因此，「金丹換骨」在此指出詩人的創作功夫已由漸修而進入了造詣極深的頓悟之境了。

因此，陸游由做詩得以悟道，可說是此詩最深刻的義涵所在。表面說是「夜吟」，其實不只是吟詩這麼簡單，陸游所吟誦的應是人生這首大詩吧。其中冷暖只有自己最清楚，這就是「功夫深處獨心知」所欲指出的神妙之境了。

（原載《人間福報》第十四版〈縱橫古今〉，二〇一一年八月二十九日）

卷三

別欲論交一片心——風雨故人

何當共翦西窗燭

李商隱〈夜雨寄北〉：「君問歸期未有期，巴山夜雨漲秋池。何當共剪西窗燭，卻話巴山夜雨時。」此詩寄託了對親友深切而悠長的思念，是情致動人的抒情短章。

李商隱，字義山，晚唐詩人，其詩長於絕句、律詩，構思新奇，風格穠麗，擅用典故。最為世人傳誦的是悱惻纏綿的情詩，尤其是以「無題」為名的組詩。然而此詩之樸實自然，不用典不起興，可說是李詩中的秀異之作。

此詩是詩人於唐大中五年（八五一）在四川梓州擔任幕僚時所作。此詩首兩句以問答方式敘寫詩人身在異鄉的孤寂。一開始即提到「君問歸期」，說明身在異地的詩人也對歸期念茲在茲，但非常遺憾的是只能給出「未有期」的答案。欲歸不能的無可奈何之情躍於紙上。詩人身處巴山夜雨中，眼見秋雨漲滿池塘的情景，牽動詩人無限的羈旅愁思。後兩句設想來日重逢談心的喜悅，以反襯今夜的孤寂。於是，詩人再以問答表達他對妻子濃濃的思念。他問道：你我何時能再重新聚首，深夜秉燭長談？到時再告訴你今夜秋雨與我深刻的情思。將眼前況味化作他日話題，兩相對比，虛實相生，更添韻味。此詩不若李商隱其他用典過多的情詩般難以索解，反而清新自然，跌宕有致。

李商隱曾應聘至四川擔任東川節度史柳仲郢幕僚。李商隱一踏入仕途即困於牛李黨爭，終生鬱鬱不得志。八五二年，隨柳仲郢入蜀，實屬迫不得已。李商隱仕途多艱，妻子早逝，心境自是悲涼。到了四川之後，他斷絕與外界的來往，與同府幕僚亦無交誼。由此可知，李商隱心中必有無限哀愁，其中怕是隱含著對於現實的憤懣與絕望罷。是以，詩人只能將他對於遠方妻子濃烈的情思，完全寄託於來日的設想中，「何當共剪西窗燭」便道出了詩人渴望與知音對話的心願，只有如此遙寄未來，今日巴山夜雨之淒楚乃有超脫之可能。

自此，「何當共剪西窗燭，卻話巴山夜雨時」成為無數後人心目中最美好的遙想，試想置身於今日之苦楚時，卻能擁有對來日相聚的無限憧憬，其中之婉轉有致，足以令人低迴。

（原載《人間福報》第十四版〈縱橫古今〉，二〇〇九年六月二十二日）

一片冰心在玉壺

王昌齡〈芙蓉樓送辛漸〉：「寒雨連江夜入吳，平明送客楚山孤。洛陽親友如相問，一片冰心在玉壺。」一首絕佳的送別詩，但卻以「一片冰心在玉壺」一句知名於世，王昌齡不露痕跡地藉此寄託了自己高潔的心志，餘味無窮。

王昌齡乃盛唐詩人，擅長七絕。絕句題材大致有三類，一是邊塞詩，二是贈別詩，三是閨怨詩。這首〈芙蓉樓送辛漸〉即為其知名贈別詩。此詩格調高妙、舒緩自然。

王昌齡好友辛漸準備取道潤州北上洛陽，詩人特地從江寧陪伴辛漸到潤州，兩人在芙蓉樓作別。此時，寒雨綿綿時連夜趕到潤州芙蓉樓為朋友餞別，清晨送客時只見楚山亦形單影孤。臨行前，和辛漸提起，若遠在洛陽的親友問起我，就將我依然冰清玉潔的純淨心地傳達給他們吧。

詩的前兩句將畫面定格在寒冷夜雨、滔滔江流與遠山孤立的景況，這種蒼茫的景象也襯托出詩人對朋友的依依離情。進而言之，蒼茫的煙雨、孤峙的楚山，其實正是詩人內心世界的投射，顯示的是獨立而堅強的性格。

然而，題旨雖稱「送」友，但詩卻淡化了離情，反而別出心裁地轉移愁緒，表明自己深深思念著洛陽的親友，乃轉囑即將啟程至洛陽的辛漸，若親友問起我，便告知我的品格依然純潔完美，如冰清如玉潔。而出自六朝詩人鮑照〈代白頭吟〉「清如玉壺冰」一句的冰心玉壺之譬，充分刻畫了詩人純淨的心靈世界。詩人即景生情，藉景抒懷，不露痕跡的表明自己高潔的品格；原有的離情經此抑揚變化之後，頓時沖淡不少。

這首詩也因此烘托成一片純潔明澈的意境，自然含蓄而餘味無窮。因為，詩人跳脫一般送別詩的小我離情，轉而由大處觀照人生的格局；將個人所展示的高潔品格做為思念親友的禮物，遠較只是單純的想念來得更加深刻。這也是此詩突出於同類送別詩之處。

因此，如何在險惡穢垢的環境中長保心靈的潔質，能夠捫心無愧地活著，將是送給遠方思念的親友們最佳的禮物。是以，一片冰心在玉壺便能夠鑑照天地日月，無所愧怍。

（原載《人間福報》第十四版〈縱橫古今〉，二〇〇九年六月二十九日）

人面桃花相映紅

唐代詩人崔護詩不多，但其〈題都城南莊〉一詩卻家喻戶曉：「去年今日此門中，人面桃花相映紅。人面不知何處在，桃花依舊笑春風。」詩中「人面桃花」一句早已成為經典，時至今日仍為詮釋「景物依舊，人事全非」之意的最佳名句。

這首詩活脫脫便是一個好聽的故事。《太平廣記》中曾記載道，崔護尚未考上進士之前，清明時節獨遊長安城南，見一座桃花盛開的農莊。只見此處花木叢萃，崔護叩門良久，方有一豔若桃花的女子應聲接待，崔護答以自己正好尋春遊玩，想要討杯水喝。女子讓他進門在院子裡坐下，自己則倚在一株桃樹旁站著等他喝完。崔護見女子標致動人，又有那麼一點意思，便以言語挑逗，女子卻完全不回應。崔護一杯水喝完了，便不捨地告辭。而女子送他出門時，彷彿又透出一絲依依之情，崔護頓時恍然若有所失。

第二年清明節，崔護情不自禁地尋訪那位女子。但見桃花依舊，大門深鎖，芳蹤杳然。崔護失望之餘，乃在門扉題上「人面桃花相映紅」的詩句，以記憶那位豔若桃李的女子。以後，「人面桃花」變為成語，除形容女子容姿美豔之外，也用來形容景色依舊而人事已非的感傷。

其實，故事未完。幾天後，崔護難忍懸念之情，又到舊地尋訪。卻見一老頭告知女兒因崔護之題詩而思念成疾，乃至病故，崔護入內致哀以致女子復生，最終並結連理云云。然而，如此平庸的大團圓式情節，卻失去了人面桃花詩裡似有若無的美感了。因此，後代人們往往只願意記得故事前半段裡浪漫有致的人面桃花，卻大多不願提起故事後半段死而復生終成結理的團圓。

至於這首浪漫抒情詩的作者崔護本人，史冊記載甚少，只知他是唐德宗貞元年間進士，官至嶺南節度使。事蹟流傳不多，只因他曾經做了這首七言絕句而名傳千古，至今傳誦不息。因此，這首〈題都城南莊〉便是崔護自己的故事，一位考場失意的獨行者，無意間「忽逢桃花林」，進而寫下這首千古名詩。此詩似乎也因此沾染了一抹如夢似幻的光影。

其實，桃花明媚，桃林如煙，容易使人與陶淵明的「桃花源」聯想在一起。忽入桃花莊的崔護，進入的正是人們理想中的淨土。因此，「桃花」指涉的是美好的追尋。正如無法再進入桃花源的武陵人一樣，崔護自然也無法再見人面桃花而徒留悵惘了。

（原載《人間福報》第十四版〈縱橫古今〉，二〇〇九年七月六日）

深知身在情長在

李商隱〈暮秋獨遊曲江〉是一首絕美的情詩：「荷葉生時春恨生，荷葉枯時秋恨成。深知身在情長在，悵望江頭江水聲。」詩中情愫看似平淡，實則千迴百轉。

詩人大多對世事無常有更多感觸，李商隱此詩便是一例。詩人說道，春天荷葉初生時，便注定秋來時必得枯萎的憾恨。可知，生死、榮枯與緣起緣滅乃天理必然。然而，一旦入秋，面對滿目蕭索的枯荷，詩人心中無盡的思念仍舊無法抑遏。內心淒楚的詩人雖然知曉身在情長在之理，卻也無法掙脫情感之執，只能將悲戚之情寄託於江頭江水聲。

唐代詩人詩作中經常取景曲江。來到曲江的詩人並非都是志得意滿的，也有孤獨惆悵、思念故交者。此時此刻，站在這裡的李商隱無疑也是心緒悲戚的。據說，李商隱的初戀情人小名便喚做「荷花」。兩人便是春暖花開之際相識於曲江的。可惜天妒紅顏，荷花後來身罹重症，不治身故，只留給詩人無盡的傷悲。形單影隻、落落寡歡的詩人再遊曲江，其心情之蕭索可想而知。姑不論此淒美故事屬實與否，然而鍾愛荷花確為李商隱的特色。

因此，「荷」可說是這首詩的隱喻所在。荷葉是一有形之物，憾恨是無形的，而春、秋則暗指時光流轉。由「春恨生」到「秋恨成」，荷花及葉的生命已然榮枯一回，可見詩人這份初戀之情的憾恨乃屬命定的。因此，詩人這種對生命悲愴的感悟乃寄託於荷之榮枯上。換言之，荷是詩人，詩人是荷，物我契合，無以言宣。

是以，在詩人的宛轉詠嘆，對荷葉榮枯的觀照裡，在在呈露詩人對生命的敏銳感知。難以言喻的傷心事，僅能以身在情長在暫得寬解。只因情之一字最難消解，詩人終其一生亦無以排遣之，乃化為一首又一首綿長的情詩聊以寄之。

（原載《人間福報》第十四版〔縱橫古今〕，二〇〇九年七月十三日）

昨夜星辰昨夜風

「昨夜星辰昨夜風」指的是美好的記憶，出自李商隱〈無題〉之三：「昨夜星辰昨夜風，畫樓西畔桂堂東。身無彩鳳雙飛翼，心有靈犀一點通。隔坐送鉤春酒暖，分曹射覆蠟燈紅。嗟余聽鼓應官去，走馬蘭臺類轉蓬。」除了「昨夜星辰昨夜風」之外，詩中另一名句「心有靈犀一點通」，同樣膾炙人口。

詩人「無題」系列詩作甚多，若干詩作難以索解，此詩誼屬較易理解者。閱讀此詩，亦可直接解作情詩。

詩的首句，「昨夜」二字連續出現兩次，顯示詩人是今日回想昨夜的往事。「昨夜」二字飽藏情感，正好說明詩人刻骨銘心的記憶。「星辰」與「風」，「畫樓」與「桂堂」皆暗指詩人曾經歷的美好時光和幸福情景。因此詩人說道，昨夜星辰閃爍，微風徐徐，煞是美好。就在畫樓之西、桂堂之東，我們兩人會面了。只恨我身上並無彩鳳一般的雙翼，能隨時飛到你身邊。

接著，第二聯表現詩人對愛情的體驗與理解。身如彩鳳比翼雙飛，象徵美滿愛情生活。而犀牛角中央因有紋理貫通兩端，一般又稱「通犀」，詩人藉此比喻雙方情感相通之意。「心有靈犀一點通」遂展現了心靈感應和情意契合的美好。因此，詩人說道，雖然天各一方，但慶幸的是，你我的心每時每刻都是相通的。

詩的第三聯則寫到藏鈎、射覆這兩種古代酒宴上的猜謎游戲。此聯以「春酒暖」與「蠟燈紅」這樣華麗的語言，盡情鋪敘了一場熱烈歡快、酒暖燈紅的宴會場面。因此詩人說道，猶記得，我們最初相識於一場宴席上，其間我們喝著溫熱的美酒，進行藏鈎游戲，我隔座把玉鈎傳遞給你藏著。後來又幾人分組，在酡紅燈影裡猜謎玩樂。好一派熱鬧的景象。

然而，正當詩人沉浸於美好時光之際，遠處傳來了陣陣更鼓聲。天快亮了，詩人該上朝了。「應官」之「應」頗有應付之意，其間所包藏之無可奈何、百無聊賴，不可言喻。「轉蓬」之「蓬」是既小又輕的草；「轉蓬」指的是形同隨風飄舞的蓬草般飄零不定的人生境況。因此，詩人說道，可嘆的是，早晨更鼓響起，我得進宮應卯了。唉，似乎有些遲了，只好快馬加鞭的往秘書部奔去，我的人生啊就像風吹著斷根的飛蓬一般飄零不定。

由此可見，此詩既有詩人對昨夜美好生活的回憶，也包含詩人對愛情的理想與理解，更有詩人對自己人生境況的書寫。因此，說它是「情詩」，廣義言之，此情是人生普遍的情感，人人皆可能遇之感之。若說李商隱〈無題〉之三正是一首好解好讀的情詩，誰曰不宜。

「昨夜星辰昨夜風」的美好記憶裡，便直透幸福美好的況味，令人低迴。

（原載《人間福報》第十四版〔縱橫古今〕，二〇〇九年七月二十日）

未妨惆悵是清狂

「未妨惆悵是清狂」是李商隱〈無題〉的名句：「重幃深下莫愁堂，臥後清宵細細長。神女生涯原是夢，小姑居處本無郎。風波不信菱枝弱，月露誰教桂葉香。直道相思了無益，未妨惆悵是清狂。」此詩尤以最末二句最著名，堪稱情詩典範。

詩人李商隱，為文瑰麗奇絕，多感時傷事，頗具風人之姿。據傳二十三至二十五歲之間，李商隱曾在王屋山支脈玉陽山學道，與靈都觀中的女道士宋華陽產生戀情，但因不為禮教所容而中止。李商隱許多無題詩皆完成於此時，此詩即為此時所做。

詩人此詩明顯以女子為主要敘事的聲音，可能是李商隱為女子（宋華陽）鋪敘戀情未果的不遇之情。但古典詩人向來也有託藉女子以自況之傳統，此詩應也有李商隱自傷不遇之情在內。

此詩起首即指明幽閨女子的心境。在層層幃幕深垂下的莫愁堂裡，女子獨臥閨房，回首往事，但覺靜夜漫長。似乎指陳這名女子被禁錮或清規所限而無法自由之情狀。但也可見詩人之自喻，情深款款，清人王夫之即稱許為「豔情別調」。

其次以女子的生涯處境、對愛情遭遇的回顧為主。詩人以神女遇楚王的典故說明情愛之追求與遇合，到頭來如夢成空。又以清溪小姑的故事，說明女子小姑獨處（本無情郎）的現狀。追思往事，無限惆悵，隱見詩人自身無所依託的遭遇。

接著則鋪寫身世遭遇。女子就像柔弱的菱枝，風波明知她弱質卻偏要橫加摧折。她又像具有芬芳美質的桂葉，卻竟無月露滋潤使之飄香。「風波」之橫暴與「月露」之無情，隱見李商隱屢遭朋黨壓迫，未遇有力者援助之實情，因此借由風波摧折菱枝，月露不滋桂葉起興，以寄託深切的身世慨嘆。

最後則寫道愛情遇合既如夢成空，身世遭際亦復不幸，但女子並未因此放棄對愛情的追求，即使相思全然無益，也不妨懷抱癡情以悵恨終生。隱見詩人在身世遭際之傷感與絕望當中，仍舊對所思所戀者懷抱此生不渝的執著追求。

李商隱極可能為思念女道士宋華陽而作此詩。也可視為詩人自傷身世的託寓之作。無論何解，此詩意境之深遠，措辭之婉轉，情感之深沉，不失為一首絕佳情詩。尤以「直道相思了無益，未妨惆悵是清狂」兩句直扣人心，撞擊古今多少癡情人的心靈最深處。

即使明知相思無用、追求幻滅，仍不妨癡情以終的信念，令人低迴。

（原載《人間福報》第十四版〔縱橫古今〕，二〇〇九年七月二十七日）

相思相見知何日

李白〈三五七言〉：「秋風清，秋月明；落葉聚還散，寒鴉棲復驚。相思相見知何日，此時此夜難為情。」此詩描繪秋夜思人之情狀，悱惻纏綿至極。

〈三五七言〉據說為詩仙李白獨創，共六句三十字，《李白集》和《全唐詩》皆收錄之。所謂「三五七言」其實是「雜詩」的一種體裁。全詩兼用三言、五言、七言。因全篇以三言、五言、七言相接，故題。這種打破一般唐詩齊言的長短句，可見李白詩才之超卓，屢屢突破成規、出人意表。

詩人藉物抒情，以落葉尚能聚散，寒鴉猶能飛棲，相較之下，人間之聚散離合令人心惻。思念伊人而相見無期，值此秋風秋月之時，詩人難以抑制自己的情感。「難為情」有情何以堪之意。

此詩看似思婦企盼良人歸來的閨怨之作，其實亦或有李白對於己身不遇之感懷在內吧。「風清」、「月明」或可視為詩人所期盼的一種政治環境吧。李白少年時期便「觀其書」、「游神仙」、「好劍術」，才能與興趣極為廣泛。成年後，唐玄宗僅讓李白待詔翰林，作為文學侍從之臣。性格傲岸不群的李白，自無法忍受如此「摧眉折腰事權貴」的生活。其後遭讒毀的李白離開長安，大多游山訪仙，痛飲狂歌，以排遣懷才不遇之憂憤。雖然他始終並未放棄建功立業、成就非凡理想的抱負，但終其一生未能締造人生的高潮。是以，李白或如一般男性詩人假託女子閨怨，以抒發一己之不遇亦未可知。

然而，詩裡既有「風」又有「月」，「風月」二字連用往往暗喻男女情愛。風月自然無情，有情的只是風中月下之癡人而已。視之為情詩，恰如其份。

做為金庸小說「情書」之首的《神雕俠侶》即以詠風月始，第一回題為〈風月無情〉，引歐陽修其中一闋〈蝶戀花〉：「風月無情人暗換……」；至第四十回〈華山之巔〉也以風月終。話說「楊過……攜著小龍女之手，與神鵰並肩下山。其時明月在天，清風吹葉，樹巔烏鴉呀啊而鳴，郭襄再也忍耐不住，淚珠奪眶而出。正是：『秋風清，秋月明；落葉聚還散，寒鴉棲復驚。相思相見知何日，此時此夜難為情。』」金庸引用李白此詩，將郭襄的思慕之情表露無遺，足見「人生自是有情癡，此恨不關風與月」啊。

可見，「相思相見知何日，此時此夜難為情」兩句，已直透癡男怨女的相思之情，可謂情之經典。

（原載《人間福報》第十四版〔縱橫古今〕，二〇〇九年八月三日）

我寄愁心與明月

李白〈聞王昌齡左遷龍標遙有此寄〉：「楊花落盡子規啼，聞道龍標過五溪。我寄愁心與明月，隨風直到夜郎西。」

詩裡寫道，這時楊花（柳絮）已謝，只有聲聲哀啼「不如歸去」的杜鵑鳥，得知你被貶謫至龍溪，即將跋涉五溪。只有將我的愁心託付給明月，一同隨你奔赴夜郎之西了。宛轉動人的詩句，以近似男女悅慕之意寫志同道合的朋友之情，正是此作動人心弦之處。

此詩是李白為友人王昌齡貶官而作的抒情詩。在盛唐詩壇上，王昌齡與李白同為知名的大詩人，作品以邊塞詩著稱。天寶初年，正在長安供奉翰林的李白，便與王昌齡交好。然而，傲岸不群的王昌齡與李白一樣不見容於朝廷，因之橫遭左遷，便可想而知。王昌齡被貶龍標尉，已離京漫游多時的李白正在揚州，乍聞此一不幸，便題詩抒懷，以遙寄遠方友人。

詩雖短，但情感深沉。李白一開始便描繪自己所在之處——揚州所呈現的南方景致，楊花即柳絮，隨風飄墜不定；子規是杜鵑鳥，鳴聲淒切動人。李白值此暮春三月，沒有「煙花三月下揚州」的愉悅，只有滿心的哀婉。想到友人即將被貶之地如斯荒僻，即將跋涉窮山惡水，怎不令人心憂？因此，此時此地的李白只有遙寄愁心與明月，以明月作為自己的替身，一路陪伴不幸的友人到達夜郎之西那荒涼的所在。詩裡滿是對友人遭遇的深刻憂慮，也隱含自己對當時現實的不平之意，充滿「同是天涯淪落人」的共感。因此，無法當面話別的詩人，只有將一片深情託付給明月，以遙致對友人的思念了。

李白詩的精采處，往往在於字字句句雖不著悲痛，但悲痛之意俯拾即是。此詩即是佳例。孤身行游天下的李白，行止無方，隨遇而安，但仍有一定的孤獨之感。因此，「月」字經常出現在他的詩作裡，明月與夜色相伴，特別能夠突顯地上這位詩人的孤獨身影，因此有「舉杯邀明月，對影成三人」的名句。

是以，「我寄愁心與明月」不僅是寄託李白對友人深切的思念，更深沉的意涵無寧是明月之下孤身獨往的李白，其心事無處可訴的寂寥之感罷。此時，自身孤寂的存在感受，被明月映照而出，乃特別動人心弦。

（原載《人間福報》第十四版〔縱橫古今〕，二〇〇九年八月十日）

我醉欲眠卿可去

李白〈山中與幽人對酌〉：「兩人對酌山花開，一杯一杯復一杯。我醉欲眠卿且去，明朝有意抱琴來。」此詩淡而有味，其實情深意重。

李白善飲酒眾所皆知，其飲酒詩更是深入人心，所以有「李白斗酒詩百篇」之說。然熟知李生平者皆知其浪遊生涯中的抑鬱不快其來有自，無論〈月下獨酌〉或〈將進酒〉都能見到李白獨酌的身影，其藉酒澆愁的姿態深入人心。而此詩卻是少數的對酌之作，並且淡遠有致。

此詩刻畫的是兩人在山中盛開的山花之前對酌，何等幽靜恬美的畫面。而對酌者又是隱居的高士，此情此景可說是再美好不過，於是乎「一杯一杯復一杯」，其痛飲酒的相得之狀溢於紙上。連續重複三次的「一杯」，打破了詩歌力避重複的禁忌，反而將快意飲酒的現場極為傳神的播送至讀者眼前。讀者彷彿也親眼看到了詩人與山中幽人痛飲狂歌的畫面似的，如許逼真。

如斯情景不是「對影成三人」的孤絕，更不是藉酒澆愁式的痛快，而是情意的流動。因此貪杯的詩人已然不支酒力了，於是乎想打發朋友先行離開：「我醉欲眠卿且去」，直接襲用陶淵明的名句：「我醉欲眠，卿可去」，其情之直率可見一斑。由此亦可知，此幽人應為「相視而笑，莫逆於心」的知交，詩人乃敢直接打發對方離開。僅管已然醉倒，詩人仍不忘招呼朋友「明朝有意抱琴來」。「抱琴」有「抱情」之諧音，重在撫琴以寄其意，不見得真是要抱琴前來。是以，詩人對朋友說道，明日若有意再對飲的話，請你懷抱著情誼繼續前來吧。因此，詩人說「我醉欲眠卿且去」，但見其性格之率真。然而「明朝有意抱琴來」又有婉轉訂約之意。一縱一擒之間，乃令人回味無窮。

詩人在此現了他脫俗的狂人形象，以及他與幽人之間那種縱飲狂喝、隨心所欲的神情，來去自如、不拘禮節的態度，在在吸引著讀者的目光。前一聯寫痛飲酒之快意，後二句陡地一轉，敘明已醉，請卿自便的直率，再婉轉相約改日再聚。情意跌宕若此，已然將詩人心中婉曲的情意含蓄的表達出來了。因此，詩人雖狂，仍有極細膩的心思、極婉轉的情思，其實情深意重的。

（原載《人間福報》第十四版〔縱橫古今〕，二〇〇九年八月二十四日）

道是無晴卻有晴

劉禹錫〈竹枝詞〉：「楊柳青青江水平，聞郎江上唱歌聲。東邊日出西邊雨，道是無晴卻有晴。」此詩最為人津津樂道的是後兩句，譬喻簡單，情思婉轉。

此詩寫的是少女喜歡男子，但卻不肯定對方是否也喜歡自己，心情因此輾轉不定，既期待又擔憂。詩人乃假託少女口吻，表達這種微妙而複雜的心理狀態。

詩人彷彿寄身為少女，以少女為敘述者，刻畫了眼前所見的美景。但見楊柳青青，江水平靜清澈，美景如畫。此時，少女忽然聽見心上人的歌聲，正從江邊傳送而來。少女以為，他似乎正朝著我這邊唱歌呢，是不是也對自己心有所屬？少女無法確定。只覺此人有點像是晴雨不定的天氣，往往西邊下雨，東邊卻放晴，說是無晴（無情）卻又有晴（有情），究竟是晴是雨，莫衷一是。少女的心情遂隨著心上人飄來的歌聲而輾轉不定。此情此景，不免令人聯想沈從文《邊城》的經典畫面，少女翠翠在江邊聽見心上人對自己唱著情歌，不免牽動情思，乃至日思夜想。兩者若相彷彿，可相互參照並聯想之。

此詩最末句「道是無晴還有晴」，以其雙關諧音，含蓄地呈露了少女對男子的心意無法捉摸的迷惘。他究竟對自己是有「情」還是無「情」，少女心中充滿委婉的情思、無盡的忐忑。「有女懷春」（《詩．召南．野有死麕》）乃人之常情，詩人準確地表達了少女含而不露的愛戀之情，為此詩最成功之處。

竹枝詞，是巴渝（今四川重慶市一帶）地區的一種民歌。歌唱時以笛、鼓伴奏，配合起舞，音韻宛轉動人。唐時，詩人劉禹錫任夔州（今四川奉節）刺史，依調填詞，此詩便是其中一篇摹擬民間情歌的佳作。詩人劉禹錫貶謫巴蜀時，僅管也有不遇之鬱悶，但接觸了一般百姓之後，西南之地純樸的風土民情，卻激發他的詩情，視野為之大開。劉禹錫認真地向巴蜀民歌學習，從中汲取詩歌的養分，陸續創作了一系列的「竹枝詞」，將竹枝詞由巴蜀民間樂歌帶入文學正典的殿堂，使之成為一種文人也可創作的詩歌體製。

竹枝詞作為一種民歌，最大的特色是普遍使用比興與諧音雙關，使民歌的韻味更加深厚。此詩的諧音雙關即為末句，巧妙的將大自然的天氣變化，化為內心世界的忐忑不安，此詩此情，遂有弦外之音，值得玩味。

（原載《人間福報》第十四版〈縱橫古今〉，二〇〇九年九月七日）

多情卻似總無情

杜牧〈贈別〉之二：「多情卻似總無情，唯覺樽前笑不成。蠟燭有心還惜別，替人垂淚到天明。」其中「多情卻似總無情」，已是流傳久遠的名句，其中深意耐人尋味。

詩人杜牧寫的是贈別之情，理應愁緒滿紙、依依難捨。然而，詩人采用的是「正言若反」的策略，明明多情，離別之際卻反倒表現得無情。詩人即將離別心愛的歌女，乃出於不得不然，因此千頭萬緒。「多情卻似總無情」可說是神來之筆。明明多情，偏以「無情」著筆。「總」字又更加重語氣，使詩人的情感更顯濃重。是以，用情至深，乃無言相對，正是「情到濃時情轉薄」（納蘭性德〈山花子〉）的最佳寫照。淒然相對無言的彼此，看似無情，其實愈是多情愈顯得無情。詩人將這種情人離別時最真切的情感，描摹得極為傳神。

因此，詩人只覺得在這樣美好的酒筵上要開懷笑飲，卻是怎麼也笑不出來，只好無言相對。「唯覺樽前笑不成」是要寫離別的悲苦，卻又偏由「笑」著筆。詩人多麼想要舉樽道別，但強顏畢竟無法歡笑的啊。因此，應該笑是由於我的多情，應該讓情人感到愉悅；但「笑不成」卻又是由於我的多情之故，不忍與對方離別的啊。

而旁邊案頭的蠟燭卻是「有心」的，它畢竟還懂得依依惜別，因為點滴燭淚正是代替我們流淚到天明的表示啊。借物抒情，透顯詩人極深刻的別情，無以言宣，乃移情於原本極「有芯」的蠟燭身上，而燭淚正是我們的流淚。這種惜別之情，透過摹寫物態，反射出詩人沉重的離情別緒，顯得更加深沉。正如同南朝江淹〈別賦〉所言：「黯然銷魂者，唯別而已矣。」正是難過至極，方使有情也顯得無情罷。

詩人寫作此詩時，人正要離開揚州，贈別的對象是他擔任幕僚的失意生活中所結識的一位歌女。其實〈贈別〉之一即描寫了這位歌女的美豔姿色，充滿讚揚。唐代時，揚州的經濟文化等各方面堪稱盛極一時，時有「揚一益（成都）二」的美稱。詩人在歌舞昇平的揚州卻是心意沉重的，多少鬱悶難以排遣，乃投射於歌臺舞榭中流連忘返，〈贈別〉即是詩人對歌女依依難捨的惜別之情。

詩人杜牧既能論列大事，但也不拘小節，頗具風度。在詩人真摯的內心裡，對這樣悱惻纏綿的情思難以忘卻，但仍在字裡行間展現他一貫風流蘊藉的態度，使此詩意境得以餘韻不盡。「多情卻似總無情」說明的正是多情往往看似無情的深沉心意，值得玩味。

（原載《人間福報》第十四版〔縱橫古今〕，二〇〇九年九月十四日）

欲寄相思千里月

杜牧〈寄遠〉：「前山極遠碧雲合，清夜一聲《白雪》微。欲寄相思千里月，溪邊殘照雨霏霏。」此詩看似純然寫景，其實是寓情於景的佳作，「欲寄相思千里月」正好透露了詩人的心情。

詩人描繪了一幅清靜幽遠的風景畫。極目之處，碧雲遮蔽著遠山，清寂的夜裡，響起一聲微微的《白雪》古調，也不免令人懷想，彷彿夜裡北方一場微微的白雪飄落的情景。想要將我的相思寄託予明月，但見溪邊殘照，正好映照著霏霏細雨。此情此景，悠然令人神往。

詩人杜牧，為人剛直有奇節，詩風遒勁，多切經世之務，是晚唐成就極高的代表性詩人。但杜牧平素也以風流才子聞名，一大部分詩作也忠實地呈露了這種縱情聲色的浪漫生涯。然而，杜牧自稱「苦心為詩，本求高絕，不務奇麗，不涉習俗」，在晚唐已趨華靡的詩風當中另闢一境。可見，〈寄遠〉這首詩中的寫景、抒情，即明顯的表現了這種「高絕」的意境。

全詩不沾一絲塵俗之氣，並且聲色組合亦毫無激越之處，但詩人的情感與無奈卻在字裡行間瀰漫著，教人無法忽視。詩人似乎只專注於描繪景物和情態，不事生發「多情卻似總無情」、「無情不似多情苦」或是「道是無晴（情）卻有晴（情）」之類的感觸。然而，那雲遮遠山的清幽意境，以及溶溶月色與密密溪雨所形成的獨特氛圍，使整首詩充分傳達了「神韻」二字，餘韻不絕。

但凡男女情愛中的離別便是相思的開始，南朝江淹便有「黯然消魂者，唯別而已矣」（〈別賦〉）這樣的千古慨嘆。相思是一種企盼，一種可望不可及的追求。相思往往伴隨著苦痛，一種無人能分憂解勞之苦，所以，離別之後的孤夜裡，常是「守著窗兒，獨自怎生得黑？」（李清照〈聲聲慢〉）的傷痛。因此，孤單傷懷之時，便只有夜空中的明月能夠做為我寄託相思之物。

是以，相思千里唯有明月知曉，這一詩歌中常見的託喻手法，道盡天下男女的無限衷情，「千里共嬋娟」遂成為有情人共同的心願。也因此才有杜牧「欲寄相思千里月」這樣的佳句了。

（原載《人間福報》第十四版〔縱橫古今〕，二〇〇九年九月二十八日）

菊殘猶有傲霜枝

「菊殘猶有傲霜枝」出自蘇軾〈贈劉景文〉：「荷盡已無擎雨蓋，菊殘猶有傲霜枝，一年好景君須記，最是橙黃橘綠時。」

此詩是蘇軾贈友人之作。宋元佑五年（一〇九〇），蘇軾擔任杭州知州時所作。此詩所詠，由題目得知應為贈友，實則卻是寫景為主。然其看似寫景，深究其內涵，卻又並非單純寫景而已，前人乃謂此詩「曲盡其妙」（《苕溪魚隱叢話》）。

此詩題贈劉景文，所詠卻是初冬景致，幾無一字干涉及劉景文的人品道德。蘇軾只寫道，荷花落盡的初冬時節，眼看當初在夏季時可遮雨的荷葉都沒了；但菊花雖已凋謝，卻仍有殘餘的枝幹挺拔如斯。藉由一荷一菊的對照，蘇軾不露痕跡的道盡他對劉景文的人格之稱頌。如此婉曲的將寫人糅合在對初冬景物的描寫上，著實高妙。對蘇軾而言，一年當中最美好的時光，莫過於橙黃橘綠的初冬時節，因此，無論橘或菊，都是隸屬於秋冬專有的自然景物，蘇軾更透過如斯巧妙的諧音，將菊（橘）所指稱的隱喻——高尚的人品與堅真的情操，不著痕跡的帶出來。

因此，「荷盡已無擎雨蓋，菊殘猶有傲霜枝」看似寫景，實則寫人。蘇軾寫給劉景文的詩作裡，便以秋末冬初，荷枯葉凋的畫面，襯托菊謝仍有不畏風霜的枝幹挺立的畫面，以突顯好友的人品風範。是以，蘇軾乃千叮嚀萬囑咐，好友啊你應該記取一年裡最美好的季節，並非繁花似錦的春日，亦非炎炎好眠的夏季，而是橙已黃、橘猶綠的秋末冬初了。此外，蘇軾似也意指好友的年歲已臻成熟之境，如今應該也是結實累累的冬初之際了吧。於是，蘇軾認為自己的好友，既已到中老年紀，即使青春小鳥已不再，但至少已擁有極豐沛的人生經驗，如秋實般豐碩，亦足堪安慰了。

「菊殘猶有傲霜枝」便由此脫穎而出。後人常藉此以勉人應有如斯高尚的人格風範。無論殘荷如何，但殘菊的傲霜枝猶然挺拔於寒風中，生機勃然。蘇軾用心良苦的安慰好友，至少不能輕易的消頹喪志，至少應該樂觀以對，因為你所面臨的人生正好走到它最金黃飽滿的時節啊。由是，「菊殘猶有傲霜枝」乃充滿積極正面的能量，對提升生命境界，其意義非同凡響。

（原載《人間福報》第十四版〈縱橫古今〉，二〇〇九年十一月九日）

與君世世為兄弟

「與君世世為兄弟」語出蘇軾〈獄中示子由〉：「是處青山可埋骨，他年夜雨獨傷神。與君世世為兄弟，更結人間未了因。」

蘇軾與其弟蘇轍，是中國文學史上的兩大名家，更是彼此的知音。蘇軾一生有許多寫給蘇轍或兄弟互贈的唱和之作，大多已成名篇，如〈和子由澠池懷舊〉、〈水調歌頭——明月幾時有〉等即為千古佳篇。一段兄弟情深，牽引出文學史上許多美麗的詩篇。這首〈獄中示子由〉正是其一。

蘇軾為官一向清廉自持。但人在江湖，豈能完全「刀槍不入」？尤其是才華洋溢、以風骨自持的文人，一旦與外物有忤時，往往招致讒言蜚語，人生自此不免坎坷磨難。因此，對蘇軾而言，其人生最大的打擊便是烏臺詩案（宋神宗元豐二年，一〇七九年）幾近九死一生的磨難。

被送進開封監獄的蘇軾，幸有兄弟蘇轍為他挺身而出，上書皇帝要求代替哥哥坐牢。但戮力奔走未果之下，蘇轍仍貼心的為兄長蘇軾烹製鮮美的魚肉送至獄中。但在音訊不通之下，蘇軾並不知道這是蘇轍送的好意，竟萬念俱灰，寫下如此絕望的詩作。原來蘇軾早已和妻子約定，若沒事便送些蔬食果腹，若有事便送魚告知；誰知這竟是親愛的兄弟蘇轍的美意。

自知再也不會有重見天日之可能的蘇軾，寫下了這首與弟訣別詩〈獄中示子由〉：「是處青山可埋骨，他年夜雨獨傷神。與君世世為兄弟，更結人間未了因。」詩中所言似預為身後而發，尤其是後二句「與君世世為兄弟，更結人間未了因」更極盡悲惻，兄弟情深至此，令人動容。蘇軾於人生絕望之際，所能想到的仍是好兄弟蘇轍，雖然他當時並不知道魚肉正是蘇轍所送。但生死關頭，心中仍有兄弟蘇轍，亦可見這是一段不簡單的手足之情。

烏臺詩案十餘年之後，蘇轍出知汝州（一〇九四年），這時蘇軾由定州南遷英州，便道於汝，與弟相會。蘇轍便帶領兄長游觀汝州郟城縣，兄弟二人見蓮花山餘脈下延，「狀若列眉」，頗似家鄉四川峨眉山，便議定以此處作為將來之歸宿。後蘇軾卒於江蘇常州（一一〇一年）。次年，其子蘇過遵囑運父靈至郟城縣安葬。又二年，蘇轍卒於潁昌（一一一二年），其子乃將蘇轍與其兄蘇軾葬於一處，合稱「二蘇墳」。自此，兄弟二人真是同生共死了，也正是「與君世世為兄弟，更結人間未了因」的最佳寫照。

（原載《人間福報》第十四版〈縱橫古今〉，二〇〇九年十二月七日）

願我如星君如月

「願我如星君如月」典出范成大〈車遙遙篇〉：「車遙遙，馬憧憧，君遊東山東復東，安得奮飛逐西風。願我如星君如月，夜夜流光相皎潔。月暫晦，星常明。留明待月復，三五共盈盈。」

此詩寫出女子對長年在外行蹤不定的男子之思慕。詩人說道，你在驛旅途中，驛馬奔馳在悠長的路途上，一路馬蹄飛躍，馬匹的身姿隨之搖曳。你的驛馬長遊泰山之東，又得要隨著秋風才能往東又向東。多麼期望我便是星星而你是月，每一個月夜裡，你我如星月潔白光明的輝映著對方。但月兒常掩在雲堆裡，而星星卻總是明明高掛著。滿心期待下回十五月圓時，你我如同皎潔星月般佳偶天成。

宋代詩人范成大（一一二六－一一九三），號石湖居士。與楊萬里、陸游、尤袤合稱南宋「中興四大詩人」。范成大作品在宋代即有顯著影響，有「家劍南而戶石湖」（「劍南」指陸游《劍南詩稿》）之說。詩從江西派入手，後學中、晚唐詩，繼承白居易、王建、張籍等詩人新樂府的現實主義精神，終於自成一家。詩風平易、清新嫵媚。

以反映農村生活的作品成就最高，如〈青遠店〉、〈州橋〉、〈催租行〉、〈後催租行〉、〈繅絲行〉等。晚年所作〈四時田園雜興〉（六〇首），可說是田園詩集大成之作。詞作則情長意深，前期作品與秦觀相近，後期作品則近於蘇軾。

此詩並非范成大最知名的農村生活或田園之作，卻饒有一番平易自然的特殊風味。詩人寫出痴情的人兒，痴痴地盼望能與人長相隨的心情，滿心流露期盼的喜悅。詩人范成大採取的敘寫策略，沿襲傳統閨怨詩假託女子的口吻，但全詩寫來卻另有一番新意。以星月相隨的靜謐之美，傳達了哀而不怨的閨怨之情。詩人或許也有以閨怨詩作寄託心志之意，然此詩之情思卻不見太多纖巧之怨情，誠然一派專情可感，引人入勝。

是以，詩人以「願我如星君如月，夜夜流光相皎潔」的恬美，道盡天下有情人的共同心聲，但見星月相伴之美，輝映地上人間的癡情，此情此景，足以令人低迴。

（原載《人間福報》第十四版〈縱橫古今〉，二〇一〇年一月四日）

語多難寄反無詞

「語多難寄反無詞」出自陳端生〈寄外〉：「未曾蘸墨意先痴，一字剛成血幾絲。淚縱能乾終有迹，語多難寄反無詞。十年別緒春蠶老，萬里羈愁塞雁遲。封罷小窗人靜悄，斷烟冷落阿誰知。」

作者陳端生（一七五一－約一七九六），為清代女詩人、彈詞女作家。浙江錢塘（今杭州）人。及長後嫁淮南范菼為妻，范以科場案謫戍至新疆伊犁。一說范恃才桀傲，早年失怙，繼母某氏素來強悍，范無法善盡孝子之道，遂因忤逆而被謫戍。陳端生擅長吟詠文字，乃經常寫信至萬里之外的新疆，與范相互問答，纏綿哀怨。其間，陳端生持續撰寫婚前即已開始撰寫的彈詞小說《再生緣》。後范遇赦得以歸家，尚未至家而陳端生已逝，以致徒留遺憾。後世將陳端生《再生緣》與《紅樓夢》並稱「南緣北夢」，可見其才學過人之處。

此詩即為范菼以科場案謫戍至新疆當時，陳端生寫給其夫的詩作。由於相隔萬里，乃情思纏綿。首聯「未曾蘸墨意先痴，一字剛成血幾絲。」道盡女詩人因丈夫羈旅在外不得見的悲痛，因此才剛剛寫下一字即已泣不成聲。頷聯「淚縱能乾終有迹，語多難寄反無詞。」更是句句血淚。淚水會乾，但終究難掩哭泣的痕迹，情語雖多難以一一寄送，反而無法順利以文字表達。頸聯「十年別緒春蠶老，萬里羈愁塞雁遲。」則寫出丈夫因故離家已十年的愁慘境況，匆匆十年已過，年年盼不到丈夫的歸來。末聯「封罷小窗人靜悄，斷烟冷落阿誰知。」句中觸目可見之「封窗」、「人靜悄」、「斷烟」與「冷落」等字眼，皆可見陳端生的十年孤寂，如何地痛徹心肺；再想想她正在寫的《再生緣》，更令人唏噓無限。

女詩人雖有生花妙筆與過人才學，然身世頗見淒涼，丈夫遠戍邊疆，生離如同死別，可謂人間之至苦。被迫獨守空閨的折磨，在陳端生此詩裡表現得極為徹底，尤其是「淚縱能乾終有迹，語多難寄反無詞。」二句，更是道盡天下女子思念情人的心聲，可見其淚水未曾稍歇，情到多時反而無言以對，只有大悲大痛，方無言若此。世間至痛，莫過於此。

（原載《人間福報》第十四版〈縱橫古今〉，二〇一〇年一月十八日）

為誰風露立中宵

「為誰風露立中宵」典出黃景仁〈綺懷〉詩第十五首：「幾回花下坐吹簫，銀漢紅牆入望遙。似此星辰非昨夜，為誰風露立中宵。」

詩人黃景仁（一七四九－一七八三）為清朝乾嘉時期名滿京華的文人，字仲則，生於盛世卻坎坷一生，英年早逝。黃景仁短促的一生，大都在貧病交迫中度過。因此，其詩歌內容大多抒發其窮愁不遇之情懷。身後所留下的兩千多首詩，率皆沉鬱、飄逸，且直抒胸懷，詩風與李白、李商隱近似。如〈病中雜成〉、〈別老母〉與〈旅夜〉等詩都顯得低沉蒼涼，真摯動人。尤其是他一系列美妙的情詩，更與李商隱的〈無題〉詩的風格接近，可見其真實人生的情史相當可觀可感。這首〈綺懷〉詩所追憶的即是詩人年少時期與表妹之間的一段浪漫愛情。

〈綺懷〉詩原為一組十六首的長篇組詩，黃景仁這首〈綺懷〉特別傳頌一時。尤其是其中「似此星辰非昨夜，為誰風露立中宵。」更是千古絕唱。黃景仁年少時期與表妹的一段戀情，因故未能終成眷屬，在分別多年後偶然重逢。早已結婚生子的表妹與依然孤獨的詩人，在這回偶然的會面中，因難忘舊情而平添漣漪，引起詩人無限感慨，乃有〈綺懷〉十六首的誕生。

「綺懷」指的是美麗的情懷，對黃景仁而言，愛情之美麗來自於它早已失落並且無處覓尋的絕望。「幾回花下坐吹簫」回憶的是自己和表妹於花下吹簫的美好情景，與典故「簫史弄玉」之琴瑟合鳴，顯然有異曲同工之妙，亦可見黃景仁與表妹之感情十分融洽。而「銀漢紅牆入望遙」，銀漢與紅牆，一條銀河與一面紅牆，恰似天淵之別，一個天上，一個地下；雖非生死之隔，然別離之苦痛亦相差無幾。接著，詩人說道「似此星辰非昨夜，為誰風露立中宵」，自己和表妹早已各走各的路，表妹且已結婚生子，而自己卻還在孤獨的望著星辰思念對方，任露水打溼衣裳、浸透心靈，亦無悔無怨。

由此可以想見詩人那種寄懷於往事，卻不得不面對現實的痛苦糾葛之狀。明知自己的等待終將一場空，明知自己再也得不到卻依依難捨的情懷，大約已近乎絕望罷。寂寞一生的詩人寫下如此寂寞的詩，其愁苦中之才情，可見一斑。

（原載《人間福報》第十四版〔縱橫古今〕，二〇一〇年一月二十五日）

千樹萬樹梨花開

「千樹萬樹梨花開」典出唐代詩人岑參〈白雪歌送武判官歸京〉：「北風卷地白草折，胡天八月即飛雪。忽如一夜春風來，千樹萬樹梨花開。散入珠簾濕羅幕，狐裘不暖錦衾薄。將軍角弓不得控，都護鐵衣冷猶著。瀚海闌干百丈冰，愁雲慘澹萬里凝。中軍置酒飲歸客，胡琴琵琶與羌笛。紛紛暮雪下轅門，風掣紅旗凍不翻。輪台東門送君去，去時雪滿天山路。山回路轉不見君，雪上空留馬行處。」

詩人此詩既詠邊地雪景，也是一首極佳的送別之作。天寶十三年（西元七五四年），岑參再度出塞，充任安西北庭使封常清的判官。此詩即為岑參在軍中送別友人武判官回長安所作之詩。

開篇四句鋪陳「別前」的情景，尤其是「忽如一夜春風來，千樹萬樹梨花開」更是詩名詩句。詩人描寫邊地秋高時分的雪景，並將漫天飛雪喻為南國春景中梨花怒放的姿態，別具巧思。如此美麗的想像，足令邊地之寒亦使人神往不已了。

其次，詩人將視野由室外拉至帳內，描寫「臨別」之際的天寒地凍：「散入珠簾濕羅幕，狐裘不暖錦衾薄。將軍角弓不得控，都護鐵衣冷猶著」由帳外寫到帳內、再轉至帳外，以諸人的奇寒感受，說明送別之地的寒冷情狀。

接著，詩人寫道「瀚海闌干百丈冰，愁雲慘澹萬里凝」，再移轉視線至帳外勾畫壯麗的塞外雪景。在此嚴寒氣候中，帳內的一場「餞別」特別顯得與眾不同：「中軍置酒飲歸客，胡琴琵琶與羌笛」，主將在歌樂中置酒為歸客餞別，戶外則是「紛紛暮雪下轅門，風掣紅旗凍不翻」，帳外大雪仍紛紛飄墜，襯得帳內溫熱的餞別場面更加感人。

最後，詩人寫道「別後」的情景：「輪台東門送君去，去時雪滿天山路。山回路轉不見君，雪上空留馬行處」，後兩句亦極知名。詩人送武判官時，正是大雪紛飛之時；山回路轉處，立時不見友人。可見，詩人頻頻回顧已遠走的友人，其中之離情別意可謂深矣。

詩人敏銳的觀察並捕捉邊塞雪景，既有奇思妙想，如「忽如一夜春風來，千樹萬樹梨花開」之寫雪景。又大筆揮灑，並細節勾勒，如「山回路轉不見君，雪上空留馬行處」之寫送君，意在言外，餘韻無窮。可見此詩之令人低迴。

（原載《人間福報》第十四版〔縱橫古今〕，二〇一〇年三月一日）

別欲論交一片心

「別欲論交一片心」語出李白〈江上贈竇長史〉：「漢求季布魯朱家，楚逐伍胥去章華。萬里南遷夜郎國，三年歸及長風沙。聞道青雲貴公子，錦帆游戲西江水。人疑天上坐樓船，水淨霞明兩重綺。相約相期何太深，棹歌搖艇月中尋。不同珠履三千客，別欲論交一片心。」

詩人李白出蜀三十多年有六年在安徽度過；其間並曾四次在安慶暢遊或隱居，留下許多不朽佳篇。如〈江山望皖山〉、〈江上贈竇長史〉、〈贈閭邱處士〉、〈山中與幽人對酌〉、〈避地司空原言懷〉等名篇，可見李白與安慶有著不解之緣。其中，〈江上贈竇長史〉即李白第四次遊安慶所寫之詩篇。

時為唐上元二年（七六一）。李白六十一歲，遇赦離開流放之地（夜郎）後，欣喜若狂，乘船沿江東歸之際，來到安慶驛東郊長風沙，好友竇長史前來迎接，並與之同遊江上，李白乃作此詩相贈。此即詩中首四句所云「萬里南遷夜郎國，三年歸及長風沙」之情景。李白說道自己遠謫千萬里之外的夜郎國，三年後才得以回到安慶長風沙此地，而友人竇長史卻仍然前來迎接我這遭謫之人，自然讓李白深心感念。

因此，詩的末四句：「相約相期何太深，棹歌搖艇月中尋。不同珠履三千客，別欲論交一片心」，充份寫出了李白與友人竇長史同氣相求的一面。詩人流放夜郎三年，面對好友前來相迎，不免生發「相約相期何太深」之感，心中自然湧動著溫暖。「珠履三千客」原指戰國時楚國春申君門下三千名穿戴綴珠鞋履的門客，既說明楚春申君門庭之富貴，也有賓客盈庭之意。此處則借以說明李白與友人竇長史心性之淡泊，以及友人相交不以富貴顯達為標準之意，這也就是他們與珠履三千客「不同」之處。因此，遇赦歸來後，他們仍是好友，可謂「日久見人心」。然而，友朋相交之美好支點何在？即第二句所言之「棹歌搖艇月中尋」，此句說明了他們共同的特質——淡泊如明月般澄淨。因此，李白乃生發「不同珠履三千客，別欲論交一片心」的心聲。李白對友人之真情摯意，至此表露無遺。

此詩可說是李白諸多贈友／交友詩中的佳品。同樣地，他也曾在〈聞王昌齡左遷龍標遙有此寄〉詩裡這樣寫道：「我寄愁心與明月，隨風直到夜郎西」，聽聞友人左遷消息，卻無法與之餞行，只好異地遙寄，將自己的愁心寄託予明月，以慰藉朋友之愁苦。李白重情講義之舉，可見一斑。

（原載《人間福報》第十四版〔縱橫古今〕，二〇一〇年三月十五日）

落花時節又逢君

「落花時節又逢君」典出杜甫〈江南逢李龜年〉：「岐王宅裡尋常見，崔九堂前幾度聞。正是江南好風景，落花時節又逢君。」

此詩是安史之亂後漂流至江南的杜甫，和流落至此的歌手李龜年重逢之際，所寫下的名詩。詩裡回憶當年在岐王宅和崔九府第聽李龜年唱歌的情景而感慨萬千，因此詩人說道，當年我時常在岐王府裡見到您，也屢次在崔九堂前聽見您的歌聲。如今正是江南風景絕佳之際，在此落花時節又與您重逢。

詩題所言之李龜年為唐代著名的音樂家，甚受唐玄宗賞識，其後流落江南。詩裡所見的岐王則是唐玄宗李隆基之弟李隆范，雅善音律，以好學愛才著稱。而崔九則是崔滌，中書令崔湜之弟。玄宗時，曾出入禁中，得玄宗寵幸。由於李龜年是唐開元時期著名的歌唱家，常在貴族豪門演唱；而杜甫則由於才華卓著而受到歧王李隆范和秘書監崔滌的賞識，經常出入他們的府邸，並得以欣賞李龜年的歌唱藝術。就杜甫而言，李龜年所代表的風華年代，和自己年少時期的意氣風發正好緊密聯結著。因此，開首二句即是詩人追憶昔日與李龜年接觸的因緣，也呈露了詩人對開元盛世的眷懷。下筆似極輕，情感卻深沉而凝重。

然而，數十年後在江南重逢的他們，皆已遭逢八年安史之亂所帶來的滄桑，唐朝國勢亦已漸由昌盛轉入衰敗，兩人晚景亦頗為淒涼。此時此刻會見，往事前塵渺不可尋，自然別有一番滋味在心頭。因此，後二句是對國事蜩螗、顛沛流離的感慨。是以，「江南好風景」與「落花時節」，正好也寄寓了詩人的無限感慨。落花時節指的是春末，也隱含人老飄零、社會凋弊喪亂之意在內。詩人在此雖描寫外在景物，實有感傷世態之意。一場翻天覆地的大動亂之後，老歌唱家與老詩人在顛沛困頓中重逢，落花時節的江南好風光，無情地見證了開元盛世早已成為歷史陳跡，以及他們的亂離身世。詩人感慨既深，卻又點到為止，在無言中含納極深沉的慨嘆，可謂蘊藉至極。

因此，詩人在撫今追昔中，將世情之亂離、年華之興衰、人情之散聚，以及當下彼此之流落情狀，一一濃縮在這短短四句二十八字中。以極平淡之語，涵括極豐滿的內蘊。莫怪此詩一向被評為杜甫七絕中的「壓卷」之作。是以，「落花時節又逢君」在欣喜中實蘊含無限慨嘆，足以低迴。

（原載《人間福報》第十四版〔縱橫古今〕，二〇一〇年三月二十二日）

寒夜客來茶當酒

「寒夜客來茶當酒」語出宋代詩人杜耒〈寒夜〉：「寒夜客來茶當酒，竹爐湯沸火初紅；尋常一樣窗前月，纔有梅花便不同。」

詩人說道，寒冬夜裡，客人到訪，我以茶代酒請他品嚐；竹爐裡的茶水沸騰著，爐火也燒紅了，屋子裡暖烘烘的。窗前明月和平日沒什麼不同，只是窗前多了兩枝梅花在月光下幽幽的襯托著，便使得今夜月色與平日的格外不同了。

宋代詩人杜耒（？－一二二七），江西臨川人。以詩聞名，常與戴復古等人以詩文唱和。曾任官府主簿，後擔任軍中幕僚，後死於兵變。杜耒雖非知名詩人，其〈寒夜〉詩卻流傳至今，傳誦不絕。尤其「寒夜客來茶當酒」所點出的以茶敬客之道，正好道盡中國文化的深刻底蘊，因此早已成為此詩中的名句了。

別致而素樸淡雅的〈寒夜〉詩，寫出客人於寒夜造訪的溫馨。主人以茶代酒款待客人，主客二人對月飲酌，好一幅寧謐的圖畫。詩首兩句便寫出主人在寒夜裡煮茶待客的情景。寒夜有客，理應以酒相待，以供客人驅寒取暖，但主人卻以茶代酒。茶與酒都是中國古代士人常飲之物，但茶的清淡情調相較酒的濃醇，卻能顯出特別不一樣的韻味。以茶待客，顯示了主客之間的親切，也表示主客皆為品味高雅之人，更是君子之交淡如水的美好象徵。於是，就在竹爐（煮水泡茶的火爐，土質內壁，竹編外殼，美觀且不易燙手）煮茶的蒸騰熱氣裡，主客二人共沐於一片溫馨之中。

詩的後二句則寫出主客品茶時的美好氛圍。寒夜客來，坐擁竹爐共品佳茗，實乃人生樂事。此時此刻，窗前明月與窗外暗香浮動的梅花，更烘托出屋內品茶者之佳美感受。月色仍是平常的月，卻因有了梅花的襯托而益發靈秀。主客之高雅品味，不只在「以茶代酒」，也在皎皎明月與高潔梅花所象徵的意境之上。

是以，全詩呈現的是一派悠然的士人情調，屋外是寒夜、明月與梅花，屋內有竹爐、紅火、熱茶，主客二人便在此佳景之中品茶、賞月兼賞梅，呈露了傳統士人高雅的生活情趣，即使是淡如水的茶，喝來也甘美無比。

至今，「寒夜客來茶當酒」早已成為一般人常用的待客之語，尤其是心靈相契的好友，特別適用於這樣其淡如水的對待方式。茶水淡，語亦淡，但深厚的友誼自在其中湧動著。

（原載《人間福報》第十四版〈縱橫古今〉，二〇一〇年十月四日）

最難風雨故人來

「最難風雨故人來」語出清代學者孫星衍之聯句：「莫放春秋佳日過，最難風雨故人來。」

詩人說道，不要讓大好時光匆匆流逝，應當珍惜美好時光；而最難得的是有朋友在風雨交加時節前來探望，最是人生快事。

清代學者孫星衍（一七五三－一八一八），為乾隆朝榜眼，著名小學、金石學家，也是藏書家、目錄學家。年少時，與楊芳灿、洪亮吉、黃景仁等一樣以文學見長，袁枚稱為他為「天下奇才」。一生博極群書，勤於著述，阮元即曾聘他為詁精經舍教習，並主講鍾山書院。其人之才學博洽，「莫放春秋佳日過，最難風雨故人來」這一聯句即為孫星衍一生所寫過的篆字楹聯中最知名者。亦有一說，孫星衍此聯句，乃出自明代馮子振〈鸚鵡曲．山亭逸興〉：「嵯峨峰頂移家住，是個不唧溜樵父。爛柯時樹老無花，葉葉枝枝風雨。故人曾喚我歸來，卻道不如休去。指門前萬疊雲山，是不費青蚨買處。」孫星衍之聯句雖未必出自於此，然意境略有相通之處，仍可一併參考。

孫星衍這一聯句，以極淺明之文字，道盡人生最至關緊要的兩件大事，一是享受春秋佳日之美好，二是友朋造訪之美，至樂至喜。就前句「莫放春秋佳日過」而言，語本陶潛〈移居〉詩之二：「春秋多佳日，登高賦新詩」之意而來，明顯具有人生貴閒適，而登高賦詩正是春秋佳日之最具妙趣之事。可見，孫星衍對於人生之體會何等自在自適。而後句「最難風雨故人來」之「風雨」本指大自然之刮風下雨，亦比喻惡劣的處境。《詩經・鄭風・風雨》篇所云之境，恰與此同：「風雨淒淒，雞鳴喈喈，既見君子，云胡不夷。風雨瀟瀟，雞鳴膠膠。既見君子，云胡不瘳。風雨如晦，雞鳴不已。既見君子，云胡不喜。」在風雨交加之淒冷中，凡人容易感到孤獨或身處危難，這時一旦有故友風雨無阻，不邀而至，最令人心喜，此乃人生最難能可貴之事。是以，「最難風雨故人來」成為傳誦不歇的名句，便不難想見。

「最難風雨故人來」寫出了一種意境，試想：風雨之夜，一位朋友特地前來看望你，一同秉燭敘談，中夜不寐，該是何等之佳美。人生難免坎坷，遭受風雨侵擾之際，仍有好友探望，更添人生之豐美。

（原載《人間福報》第十四版〔縱橫古今〕，二〇一一年一月三十一日）

人生自是有情痴

「人生自是有情癡」典出歐陽修〈玉樓春〉：「樽前擬把歸期說，未語春容先慘咽。人生自是有情癡，此恨不關風與月。離歌且莫翻新闋，一曲能教腸寸結。直須看盡洛城花，始共春風容易別。」

詩人說道，在送別的筵席中，打算先將歸期說明，但話未出口，滿面春風卻被慘淒嗚咽而取代了。離情別恨、意濃情癡乃與生俱來之情感，與那風花雪月何干？離別的歌曲無需一再翻新，只要一曲便能叫人肝腸寸斷了。一定要看完洛陽城中開放的百花，才要與春風輕鬆地告別。

詩人歐陽修（一〇〇七－一〇七三），號醉翁，又號六一居士。北宋文學家，多誦古人篇章，因此常有「下筆出人意表」的佳文。天聖八年（一〇三〇）中進士，次年擔任西京（洛陽）留守推官，與梅堯臣、尹洙結為至交，互相切磋詩文。此作便於西京留守推官任滿之際所寫下的名篇，尤其是「人生自是有情痴，此恨不關風與月」更成為傳誦千古的名句。

歐陽修此作呈露了行將告別洛陽之際的依依離情，尤其是在送別筵席上和親友話別的悲淒心緒，更是表露無遺。在送別的筵席中提起歸期，明知此去將未有回歸之可能，卻仍要強作歡笑地擬說歸期，因此乃有未語先咽的傷感。無論「擬把」或「欲語」都蘊藏了許多不忍說出的宛轉離情。

雖然如此慘淒，但歐陽修之器度自非一般，做為一名理性感性兼具的文學家，誠如江淹〈別賦〉所言：「黯然銷魂者，惟別而已矣」，雖也不免因此「春容慘咽」，但他終究自覺到不能一味沈溺於一己之離情別緒而無法自拔，反而應將離別一事推向人人共感的面向上，別情才有理性昇華之可能。是以，歐陽修清楚地認知到「人生自是有情癡，此恨不關風與月」，離情別恨乃人生無可避免之事，無論如何皆與風花雪月無甚關聯。可見他極力想要在此極端感性的別情傷懷之中，開出寬廣的理性思維之可能。因此，離別的歌曲請不要再翻新曲了罷，一曲便已足令人痛斷肝腸了，足見歐陽修亦有感性理性兼備的人格風範。

是以，「人生自是有情癡，此恨不關風與月」，此二句雖是理念之思索與反省，但也透過這種理性的提醒，才更見出深情之難解，這便是歐陽修此作感人至深之所在。

「聖人忘情，最下不及情；情之所鍾，正在我輩。」（南朝劉義慶《世說新語・傷逝》）正是「人生自是有情癡，此恨不關風與月」的最佳註腳。

（原載《人間福報》第十四版〔縱橫古今〕，二〇一一年二月七日）

相思始覺海非深

「相思始覺海非深」語出白居易〈浪淘沙〉：「借問江潮與海水，何似君情與妾心。相恨不如潮有信，相思始覺海非深。」

詩人說道，借問江潮與海水，哪裡像是你我的情意？我們之間的離情別恨，並沒有像潮水那般每天襲來；而我們之間深刻的相思，更讓我開始覺得其實海水並不深啊。

詩人白居易（七七二－八四六），字樂天，號香山居士，年少時胸懷濟世，強調詩歌的政教功能，「唯歌生民病」正是他的創作方針。同時，白居易作品力求通俗易曉，以平常的話寫平常的事，人人皆能領略。宋僧惠洪《冷齋夜話》稱白居易詩歌令老嫗都解的傳說，雖未必真有其事，但由此可見他的作品文字淺顯，使得廣大讀者都能接受，則是不爭的事實。不只詩歌如此，詞作亦然。這首詞作〈浪淘沙〉的平易淺俗正是一例，意到筆隨，揮灑自如。

白居易在這首〈浪淘沙〉小詞中，描繪了一位抱怨丈夫久出未歸的思婦之複雜微妙的內心世界，真切地表達了女子既恨男子遠遊卻又自訴深情的矛盾心情，塑造了一位潑辣而深情的女子形象。

詩人破題即拋出一大設問，以「江潮」與「海水」對舉，做為君心與我意的譬喻。洶湧澎湃而來去倏忽的潮水，正與負心男子狂熱似火卻又須臾即逝的短暫之情極為神似；相較之下，浩瀚而永恆的大海，則彷如多情女子纏綿堅貞之愛。然而，詩人所化身的這位女子卻大不以為然，「江潮」與「海水」哪能與君心我意相比？似乎江潮與海水本來應該是像君心與我意的，但現在卻不像了。此一略帶責問的拋問，不僅寫出了女子的天真和對愛情的執著，更出其不意地挑引讀者的好奇，急欲一探究竟。

是以，女子說道「相恨不如潮有信」，正是怪責男子久出未歸之無情。潮水雖變化不定，但潮漲潮落，始終有信、仍有定時；而君之離去卻渺無歸期，可見君不如潮；君之薄情，令人相恨。由此亦襯出女子的多情，所以說「相思始覺海非深」，原來女子對那無情薄信的男子是既恨又愛的，愈恨其不歸，相思之情愈熾烈。因此，深沉如大海者，亦不如多情女子相思之深。在這首直露無隱、明快自然的作品裡，「相思始覺海非深」正好怨而不怒地呈露了一位多情女子的獨白了。

（原載《人間福報》第十四版〈縱橫古今〉，二〇一一年二月十四日）

人生交契無老少

「人生交契無老少」語出杜甫〈徒步歸行〉：「明公壯年值時危，經濟實藉英雄姿。國之社稷今若是，武定禍亂非公誰。鳳翔千官且飽飯，衣馬不復能輕肥。青袍朝士最困者，白頭拾遺徒步歸。人生交契無老少，論交何必先同調。妻子山中哭向天，須公櫪上追風驃。」

詩人說道，盛年的您正當國勢維艱之際，充份展現了英雄之經世濟民的理想；如今國家危難至此，能夠平定禍亂的人非您莫屬。看看鳳翔的政府官員尚且只能飽食，不能再過乘肥馬衣輕裘的生活了；而朝士中最困頓的人，當屬我這徒步歸行的杜拾遺了。人與人之間情感的交往投契，原本即不必有年紀的老少之分，論心相知又何必先求同調？想到家中妻兒在山中向天哭喊，徒步行走的我希望能向您借一匹千里馬以便繼續前行。

杜甫此詩原注提及「贈李特進，自鳳翔赴鄜州，途經邠州作」。李特進即為李嗣業。李嗣業因隨高仙芝平定亂事，賜加「特進」。安史之亂時，安祿山造反，唐肅宗追之至鳳翔，李嗣業被詔見，亦表明其忠毅憂國之情。當時的杜甫，在潼關失守後，便安家在鄜州，獨自前去投效肅宗。中途曾為安史叛軍所俘，押到長安。後來，他又潛逃至鳳翔行在，擔任左拾遺。由於忠言直諫，上疏為宰相房琯事力挺（房慷慨陳詞但不切實際，與叛軍戰，大敗，肅宗問罪），乃被貶為華州司功參軍。此詩〈徒步歸行〉，便是杜甫自鳳翔赴鄜州、途經邠州時所作，其中「人生交契無老少，論交何必先同調」更成為名句。

杜甫但見軍事倥傯之狀，有感而發寫下此詩，首四句先敘寫李嗣業的戡亂之才。文中推崇朋友李嗣業的功勳，威震天下。中間四句，則自敘徒步之由。當時，杜甫前往肅宗行在，麻鞋謁帝，只著賤民之青袍而無朝服可穿。當時馬匹大多為軍隊所徵召，做為近侍之臣的杜甫只能徒步前行。這時，途經李嗣業所在的邠州，欲借馬匹前行；亦有感於家國危難，乃特贈詩予李嗣業這位忘年交。而「人生交契無老少，論交何必先同調」便指出了彼此間友誼之可貴。「無老少」指的是忘年之交，「何必先同調」指的是不求同調的忘形之交。簡言之，忘年與忘形，使得人與人的交往重在知心，而不在其年紀、身分、地位等世俗條件上的同異。如此方顯友誼之珍貴。

以是，與友交心即可，其他俗事又何需理會？這是杜甫贈李嗣業詩中所傳達的意涵，也啟發了世人，與友相交之道，貴在知心而已矣。

（原載《人間福報》第十四版〔縱橫古今〕，二〇一一年四月十八日）

桃花潭水深千尺

「桃花潭水深千尺，不及汪倫送我情」語出李白〈贈汪倫〉：「李白乘舟將欲行，忽聞岸上踏歌聲。桃花潭水深千尺，不及汪倫送我情。」

詩人說道，我乘船即將離去之際，忽然聽聞岸邊傳來走唱的歌聲，原來是有人為我送行。桃花潭水雖然深達千尺，但還不及汪倫的友情深厚呢！

唐天寶一四年（七五五），李白辭官後，前往安徽涇縣（皖南地區）一遊桃花潭。當地人汪倫仰慕李白已久。據袁枚《隨園詩話補遺》記載，久仰李白卻素不相識的汪倫，主動致函李白，邀請他前往涇縣一遊：「先生好游乎？此地有十里桃花，先生好飲乎？此地有萬家酒店。」汪倫藉「好游」與「好飲」以打動李白，李白乃欣然前往。但見汪倫之豪爽熱情，便問起信中所謂「十里桃花」與「萬家酒店」在何處？汪倫笑答：「桃花者，潭水名也，並無桃花；萬家者，店主人姓萬也，並無萬家酒店。」李白大笑。因與汪倫頗有相見恨晚之感，乃盤桓數日後離去，臨行之際寫下這首知名的贈別詩。

因此可以想見，李白臨去之際，登上停在桃花潭上的小船。船正離岸，忽聞岸上一陣美妙的歌聲；但見汪倫和許多村民正在岸上邊踏邊唱為自己送行。如此素樸而感人的送客形式，李白自是感動萬分。或許受到此地純樸民風的影響，李白這首贈別詩亦十分質樸。除首句直呼己名「李白」外，「乘舟將欲行」極為口語；「忽聞岸上踏歌聲」更是直白。後二句「桃花潭水深千尺，不及汪倫送我情」雖語言質樸，卻情深意重。對李白而言，相見恨晚的汪倫，其豪爽熱情令人難忘，這樣的君子之交正是李白最感知心的類型。然而，李白卻別出心裁地以當地深達千尺的桃花潭水做為譬喻，說明深湛的潭水仍「不及」汪倫友情之深厚，以突顯汪倫之深情厚意。水再深，亦不及友情之深，李白如此自然的表達了兩人真摯的情誼。如此表述，亦使此詩之質樸，另顯一層耐人咀嚼的況味。

正因李白與汪倫兩人性情契合，李白乃興之所至，對著眼前旖旎風光，隨口吟出這首〈贈汪倫〉。且極為特別的於首句自呼「李白」，句末直呼「汪倫」大名。一般言之，詩中直呼名諱，多較無味。然而，由不拘格套的李白寫來，卻別有一番親切而灑脫的味道。李白之即興賦詩，可說全無矯飾，卻自有妙趣。這首〈贈汪倫〉正是李白自然高妙之趣的最佳呈現。

（原載《人間福報》第十四版〔縱橫古今〕，二〇一一年七月四日）

卷四

野渡無人舟自橫——靜觀萬物

春色滿園關不住

南宋詩人葉紹翁〈游園不值〉：「應憐屐齒印蒼苔，小扣柴扉久不開。春色滿園關不住，一枝紅杏出牆來。」詩的前兩句寫詩人乘興游園，卻被拒於門外。後兩句卻寫出詩人另有所得，不但看見滿園春色，還有瞧見一枝出牆紅杏的驚喜感。

葉紹翁為南宋中期詩人，祖籍福建建安。曾應舉入仕，其學出於葉適，又與著名理學家真德秀友善。寓居西湖，與葛天民等交游唱和。詩集被陳起刻入《江湖集》，故被視為「江湖派」詩人。葉紹翁以七絕為佳，如這首〈遊園不值〉即為他的代表作，歷來為人們所傳誦。

葉紹翁詩中所寫正是春來的二月江南，風光明媚，天色晴好。詩人乘興來到一座小小花園前，想看園裡花木。他輕輕敲了幾下柴門，大半天不見有人開門迎客。「怎麼回事？主人當真不在？」大概怕園裡滿地蒼苔為人所踐踏，所以閉門謝客。若果如此，豈非太過小器。正當詩人徘徊於花園外頭、尋思不出個所以然，正準備離去的當兒，偶一抬頭，卻忽然撞見一枝盛開紅杏，正以它的美顏倩笑招引著詩人。詩人此時心想：「啊，滿園春色早已漫至牆外，園門閉得再緊，總也關它不住的呵。」至此，詩人由於一枝出牆紅杏，進而領略滿園春色已然繽紛如斯，並感受絢麗春光之照拂，原來因不得其門而入的遺憾，轉為意外的喜悅，總算不虛此行啊。

春光果然關不住，詩人有心眼領略春色最要緊，入不入園則其次。恰如人生許多至關緊要的追尋，奮力以對時，總也達不到極致之境；往往得在生命困頓之際，方能看見轉折的契機——放下對成功或目的的追求時，反而另有一椿美麗的收獲。是以，「春色滿園關不住，一枝紅杏出牆來」兩句詩提供了饒富意涵的咀嚼空間，怪不得生氣勃然、至今傳誦不絕。

（原載《人間福報》第十四版〔縱橫古今〕，二〇〇九年六月一日）

忽見陌頭楊柳色

「忽見陌頭楊柳色」語出王昌齡〈閨怨〉：「閨中少婦不知愁，春日凝妝上高樓。忽見陌頭楊柳色，悔教夫婿覓封侯。」

此詩先寫少婦不知愁，在明媚春日裡精心裝扮並登樓眺望。正在此時，忽而望見道旁青翠的楊柳依依，驀地思及別離在外的夫婿，竟生發一股「悔」意。夫婿之從軍遠征、立功邊塞，在唐代乃封侯捷徑；而夫婿之遠征在外，想必少婦也曾經著力甚深。因此，由「不知愁」到「悔」意出現，正好深刻呈露少婦心中的微妙變化，也寫盡天下所有閨中女子之共同情懷。

王昌齡是唐代頗負盛名的詩人，人稱「詩家天子」、「七絕聖手」。詩作多以絕句見稱，尤以七絕為佳。絕句題材大致有三類，一是邊塞詩，二是贈別詩，三是閨怨詩。這首〈閨怨〉正是他的名作。

此詩在極短篇幅內跌宕起伏、搖曳生姿，主要由於王昌齡使用了抑揚手法呈現少婦情感的前後落差之故。而這首詩更有極短篇或微型小說的特質，在極小篇幅內，以一個人生的小斷片，極精微的表現出人們共同的永恆情懷。換言之，〈閨怨〉所寫的一幅盛唐故事，其實正觸及到所有人對人生的終極價值的選擇問題。一旦「覓封侯」與「長相廝守」難以兩全時，選擇那一項更有意義？當年，少婦與她的夫婿必然都對封侯之後的美好生活有過嚮往，因此義無反顧的選擇了遠征之途。只是不知愁的少婦當時尚未知曉未來閨中之怨將如何惱人罷，一朝春日晴好時，發覺夫婿遠征在外，竟只能獨賞春光而驀地悔恨時，春色再好，也好不過與夫婿廝守之美好。

一個極簡單的小故事，卻揭示了一個人生價值選取的千古命題。所有人皆不可避免地要為人生做出一個又一個選擇，但總有人會後悔當年的選擇，於是重新選擇，又再度後悔，如是者屢見不鮮。詩中少婦的心情，教我們深思：一旦選擇征戰在外並以遠離家人做為代價，若預期的美好成果遙不可及時，往往令人驚覺榮華富貴的追求，在生命的終極關懷之前，不過如風前之塵埃罷。

（原載《人間福報》第十四版〈縱橫古今〉，二〇〇九年六月八日）

野渡無人舟自橫

韋應物〈滁州西澗〉：「獨憐幽草澗邊生，上有黃鸝深樹鳴。春潮帶雨晚來急，野渡無人舟自橫。」詩如一幅圖畫，捕捉到的是春遊西澗賞景和夜雨野渡所見之情景。

韋應物是中唐人，詩風閒淡，向以山水田園詩著稱。韋應物是好官，對中唐的政治現實感到憂傷，對人民的困苦感到內疚。因此詩人在改革無力又退隱不得之兩難下，只好任其自然。這首韋應物的代表作，即寓示這樣的心情。

唐德宗建中二年（七八一）詩人出任安徽滁州刺史期間，春游西澗。首二句寫春景所見，憐愛幽谷小草之自守，不喜深樹黃鸝之高調。在景物繁盛的春日裡，詩人獨愛自甘寂寞的澗邊幽草，反將深樹裡鳴聲誘人的的黃鸝置之其次，僅做為幽草之對照。澗邊幽草在此隱喻安貧守節之意，居高位之黃鸝則隱喻媚時之官場世態，寓意極清楚地呈露詩人的情懷。

後二句寫出帶雨春潮之急與水急舟橫的景象。晚潮加上春雨，使西澗之水勢更急。

郊野渡口處，原本行人無多，此刻更加無人。因此竟連船夫也不在其位，但見空蕩蕩的渡船自在漂泊，一派悠然。同時也因水急舟橫，乃無「問津」者。若身在「要津」，則春潮高漲時，理當為渡船大用之時，不大可能徒然漂泊的。是以，韋應物所刻畫的這幅水急舟橫的景象裡，看似悠閒，其實正蘊含著不在其位不得其用的無奈。

全詩內蘊極豐厚，藉景抒懷的同時，對於個人出處進退的憂傷，恬淡的呈露於優美的賞春之詩裡。詩人連續使用較強烈的字眼，如「獨憐」、「幽」、「急」、「野渡」、「無人」、「自橫」等，多半隱含他對人生的思索罷。韋應物曾以「扁舟不繫與心同」（〈自鞏洛舟行入黃河即事寄府縣僚友〉）自況，他自認非巧者或智者，而是無所求者，如不繫之舟隨意泛流，聽命自然罷。是以，「野渡無人舟自橫」應當也是韋應物的人生註腳吧。

（原載《人間福報》第十四版〈縱橫古今〉，二〇〇九年六月十五日）

別有天地非人間

李白〈山中問答〉：「問余何意棲碧山，笑而不答心自閒。桃花流水窅然去，別有天地非人間。」詩裡的「別有天地」已成傳世名句，出處即此。

此詩意境淡遠，頗有王維禪詩之妙，是李白的秀異之作。詩的首聯呼應詩題，分別一問一答，但是來人「問余何意棲碧山」，詩人卻是「笑而不答心自閒」。前句實問，後句虛答。「碧山」是李白當時於湖北讀書之處。李白棲止於碧山之由，一般凡夫恐怕不解其中深意。因此，此詩以提問起始，以喚起讀者的注意，但當人們正要聆聽詩人的答案時，詩人筆鋒卻陡地一轉，故意賣弄玄機：「笑而不答」。此「笑」必然是詩人愉悅的神態，與輕鬆自適的氛圍。然而，詩人又以「心自閒」三字誘發讀者對前述懸念的興味。它既是山居心境的寫照，也可說是前述問題的妙答。正因為詩人心境閒淡，遠居深山之舉完全無需困惑，只不過是「行到水窮處，坐看雲起時」的悠然神往而已罷。

次聯回頭寫碧山美景，也可說是前述問題的另一解答。「桃花流水窅然去，別有天地非人間」看似不答而答，平添韻味。詩寫桃花流水杳然遠逝之景，卻無一絲「落花流水春去也」的蕭索之感，反而在自然榮枯的變化之理中，點出詩人酷愛自由、天真爽朗的性格。因此，詩人說道如斯美景「別有天地非人間」。此處之「人間」應指涉李白曾經身處之陰暗官場與社會現實。可想而知，行遊四方的詩人，自然視此地為人間所無的仙境了。

年輕時的李白，自二十五歲那年，開始佩劍遠游。幾年間，漫遊湖南、湖北、江蘇、浙江等地許多地方。才華出眾的他，渴望一展抱負，但他磊落的襟懷與正直的性格顯然不受官場歡迎。直到四十一歲那年，李白蒙唐玄宗召見，以其才華在京城中轟動一時。但性情孤傲的李白，並不想擔任施展媚態的御用文人，乃逐漸遠離權力核心。其後，自請離開朝廷，又展開了長達十年的漫遊生活。不難想見，在現實中懷才不遇的李白，自然想要追求美好的心靈生活。〈山中問答〉就是這樣一種心境之下的產物。詩人眼看桃花流水自在飄流，頗有「山中無日月」的味道，自然發出「別有天地非人間」的謂嘆。

詩人在山中，感受到的是更深層次的真實和喜悅，這是一種廣博、富饒的生命型態。如此真實而自然的山中生活，李白以「笑而不答」肯定了一切。山居生活於李白是歡喜的、徹悟的存在。相對於一般凡夫俗子的詫異不解，難怪李白「笑而不答」。

此詩雖短小，但詩裡乾坤不容小覷，有問有答之外，議論抒情兼具，且情景交融。情意淡遠，但詩意深長，正是東坡所謂「似淡而實腴」的境界。

（原載《人間福報》第十四版〔縱橫古今〕，二〇〇九年八月十七日）

春江水暖鴨先知

「春江水暖鴨先知」出自蘇軾〈惠崇「春江晚景」〉：「竹外桃花三兩枝，春江水暖鴨先知。蔞蒿滿地蘆芽短，正是河豚欲上時。」如今「春江水暖鴨先知」不僅是寫景名句而已，更添人生韻味。

此詩是蘇軾為韋袞儀收藏畫作所題的兩首詩之一，然〈春江晚景〉此畫卻是僧惠崇所繪。惠崇之畫已杳然無蹤，然而東坡的題畫詩卻因畫而知名，至今傳頌不已。寥寥二十八字的題畫詩，隱然勾畫出一幅早春圖景，可謂詩中有畫。

宋神宗元豐七年（一〇八四），遠謫的蘇軾終於有機會離開偏僻的黃州，遷謫至常州，準備安度餘生。元豐八年（一〇八五）三月，神宗駕崩，哲宗繼位。蘇軾立即得到重用，到了次年三月，遷為官拜四品的中書舍人，此時的蘇軾青雲直上，可謂志得意滿，人生重拾朝氣與信心。蘇軾心滿意足的回到常州，正逢江南春暖時節，只見桃花盛放、江鮮肥美，正是詩裡所描寫的「竹外桃花三兩枝」、「蔞蒿滿地蘆芽短，正是河豚欲上時」的美景。對於嗜河豚如命的蘇軾而言，多毒的河豚反倒是他大快朵頤的美味呢。

詩句以寫景為主，但見竹籬外三兩枝初綻的桃花，以及一脈春水中姿態各異的鴨群，輔以茂密的蔞蒿與蘆芽，以及即將上市的河豚，此情此景，已然令人神往。特別是蘇軾的詩句別有一番感染的力道，訴說「春江水暖」消息的是一群鴨子，別有韻味。鴨子身上長滿濃密的羽毛，其皮下亦積蓄厚厚的一層脂肪，以阻檔寒氣侵襲。因此，當春水即將解凍之際，寒意猶烈之時，鴨子總能率先感覺到水溫的變化，迫不及待地潛水嬉游。由於詩人具有良好的觀察能力，便提練出如是精采的詩句了。而蔞蒿與蘆芽的新鮮生命力，又帶出當令的河豚即將上市的消息。整幅無聲靜止的「春江晚景」圖，透過東坡的生花妙筆，剎時鮮活躍動了起來，讀其詩句如見圖畫。

蘇軾以詩人之眼題畫，頓使畫中有詩；惠崇之畫，由於蘇軾之題詩，更具詩情了。至此，詩畫一體，渾然天成。難怪蘇軾評王維詩，曾如是說道：「味摩詰之詩，詩中有畫；觀摩詰之畫，畫中有詩」，詩畫同源，俱為展現超逸出塵的境界，以蘇軾〈惠崇「春江晚景」〉而言，洵非虛言。

（原載《人間福報》第十四版〔縱橫古今〕，二〇〇九年十月十九日）

偷得浮生半日閒

「偷得浮生半日閒」典出李涉〈登山〉：「終日昏昏醉夢間，忽聞春盡強登山，因過竹院逢僧話，又得浮生半日閒。」詩末警句「又得浮生半日閒」，日後轉成「偷得浮生半日閒」，流傳至今。

詩人說道，我幾乎整日昏昏沉沉，精神渙散，有如醉夢般；忽感春光將逝，乃勉強上山散心。偶然途經一處竹林內的僧院，與老和尚閒聊，頓感身在擾攘紅塵中，又多得了半日之清閒。此詩透露了人生苦短，若強登高山，還不如偷得浮生半日閒來得有意思。

詩人李涉，自號清溪子，唐代洛陽人。為官後，被貶峽州（在今湖北）、流放康州（在今廣東）、浪游桂林。擅長七絕，傳世詩作雖不多，只以一首〈登山〉之「又得浮生半日閒」一句警世，即為歷代詩話經常提及之名作。

李涉性好山水，早年與其弟隱居廬山香爐峰下，後應召為官，卻又被貶官多年，心中積鬱難伸，乃有此詩開端所言之終日昏昏沉沉如醉夢中的情狀。「忽聞春盡強登山」透露詩人心中有所鬱積，乃勉強為之。適與其後「又得浮生半日閒」形成強烈對比。偶與僧人一席話，頓使李涉恍然大悟，以往沉溺於世俗得失中的不智；半日尋春之旅，讓他重新看到自己的人生面目。因此，前二句詩所暗含的牢騷，與後二句詩裡的閒適體悟，恰成妙趣橫生之姿。

是以，李涉原本因了無生趣而勉強登山之舉，在偶遇僧人之後，有了重大轉變。然僧人究竟說了什麼？無從得知，但佛法對人生的解讀，向有「如露亦如電，如夢幻泡影」的體會，以李涉之聰慧，即使僧人未刻意指點，亦能了然於胸。

「浮生」即人生。浮者，浮泡，喻為虛而不實之意。《莊子．刻意》篇即說道：「其生若浮，其死若休。」因此，人的一生好似水面浮泡般虛浮短暫，片刻即亡；死亡也只不過就像疲累了就要休息一般的平常，並無特別值得眷戀之處。浮生若夢，世事無常，正是佛家對紅塵人生的最佳解讀，也是李涉「又得浮生半日閒」的最佳註腳。

（原載《人間福報》第十四版〔縱橫古今〕，二〇〇九年十一月十六日）

又得浮生一日涼

「又得浮生一日涼」典出蘇軾〈鷓鴣天〉：「林斷山明竹隱牆，亂蟬衰草小池塘，翻空白鳥時時見，照水紅蕖細細香。村舍外，古城旁，杖藜徐步轉斜陽。殷勤昨夜三更雨，又得浮生一日涼。」

蘇軾此詩，寫於北宋神宗元豐三年（一〇八〇），當時謫居黃州（今湖北黃岡）的蘇軾，因仕途受挫而不免時感悲涼。這首〈鷓鴣天〉正是他在黃州時被迫過著隱逸生活的寫照，其中「又得浮生一日涼」正是其中的警句，也是名句。

詩人寫道「林斷山明竹隱牆，亂蟬衰草小池塘」，遠處鬱鬱蔥蔥的樹林盡頭，有座高山清晰可見。近處則是翠竹叢生，小池邊滿是枯萎的衰草；蟬聲四起，亂成一團。短短兩句，寫出林、山、竹、牆、蟬、草、池塘等七種景致。此兩句乍看似乎呈現一派雜亂、衰萎的景象，其實正好顯示詩人即使居處鄙陋，仍能由穢墟中看出生機的慧眼。

而第三、四句「翻空白鳥時時見，照水紅蕖細細香」，便是詩人慧眼所見。在廣闊的天空裡，不時可見白鳥上下翻飛的自在模樣，而滿池紅荷映照著綠水，不僅呈現紅綠相間的美感，也彷彿可以聞得到宜人的芳香。意境顯然較前兩句來得清新淡雅，又向上翻了一層。

接著，詩人寫道「村舍外，古城旁，杖藜徐步轉斜陽。」詩人在夕陽西下之際，拄著藜杖漫步於鄉間小道。最後則是「殷勤昨夜三更雨，又得浮生一日涼。」兩句，最具畫龍點睛之妙。詩人很有興味的認為，老天在昨夜三更裡十分殷勤周到的下了一場好雨，才能使得詩人又度過了今日涼爽的一天。

詩末「又得浮生一日涼」，最能表露詩人的人生觀。「浮生」所指便是《莊子・刻意》篇所說的「其生若浮，其死若休」之意。浮生意謂著人生是如此地飄浮不定，得失又何須掛礙於心？詩人看待人世因此更添一番體會。

是以，「又得浮生一日涼」呈露的是一種自在灑脫的生命態度，即使亂蟬鳴叫、池塘衰草，即使昨夜一場雨，都不致令詩人喪亂心志，反而能由穢墟中見出純粹的美感，這才是真正懂得人生的美妙姿態啊。

（原載《人間福報》第十四版〈縱橫古今〉，二〇一〇年一月十一日）

清風明月與心齊

「清風明月與心齊」典出唐高僧智亮〈戴雲山吟〉二首：「人間漫說上天梯，上萬千回總是迷；曾似老人巖上坐，清風明月與心齊。戴雲山頂白雲齊，登頂方知世界低。異草奇花人不識，一池分作九條溪。」

詩人僧智亮為晚唐來華寓居於泉州弘法的印度僧人。智亮僑寓開元寺多年，對佛學與漢文化造詣甚深。無論四季變化，智亮常袒露一臂化緣於市，人稱「袒膊和尚」。因慕名雲遊戴雲山，見此山巍峨壯觀，以為「幽絕可廬」，乃賦詩贊之，〈戴雲山吟〉二首，即為此時名作。其後，僧智亮留連於戴雲山間，經年後方歸泉州開元寺。因仰慕戴雲山，常自言道：「身在紫雲（開元寺），顯在戴雲。」後遂與其師徒居戴雲山，結廬講經。

智亮詩中盡顯戴雲山千巖競秀之貌。第一首詩說明的是戴雲山之險峻形勢，如登天梯，百轉千迴中往往有迷入山間之感。由於戴雲山之山勢陡峭，高低懸殊一千餘公尺，懸崖峭壁比比皆是，令人望而生畏。儘管如此，由於戴雲山頂藍天白雲，雄偉峻峭，尤其是千巖競秀的嶙峋奇石，特別令人神往。因此，詩人登戴雲山見奇石似老人巖上坐，心中一片灑然，遂有「清風明月與心齊」的曠然之感。萬物與我為一的感通，莫此為甚。

第二首詩說明的是，戴雲山因山巔常有彩雲依偎而得名，有「閩中屋脊」之稱。因此，詩人乃有「登頂方知世界低」的感嘆。又舊志記載，戴雲山山分九派，水注九溪，南有猛虎溪、東埔溪、李山溪；向東流的有祥雲溪、雙芹溪；北有後宅溪、黃石林溪；西北有盧地溪、中興溪。所以詩人說道「一池分作九條溪」。

此詩看似寫景，其實詩人正藉登山暗喻修行之路，其艱難困頓與撥雲見日，直與登山雷同。一旦登得山頂，方得領會「清風明月與心齊」之境地。在走上修行道路之前，我們往往充滿困惑，何以人間紛爭如許之多，如何能夠得到幸福。我們總是孤獨地試圖在迷霧中尋求真理。然而，一旦喜得其妙境，便無孤寂之感，此時漫步清風中，抬頭偶見明月，胸中便有萬物與我息息相通之感。

因此，坦然面對生活中的磨難，才能感受「登頂方知世界低」的真諦。微笑回應俗世之誤解，才能感知「清風明月與心齊」的舒放自在。至此，心乃能與宇宙一般博大。

（原載《人間福報》第十四版〈縱橫古今〉，二〇一〇年二月八日）

人間有味是清歡

「人間有味是清歡」典出蘇軾〈浣溪紗（元豐七年十二月二十四日，從泗州劉倩叔遊南山）〉：「細雨斜風作曉寒，淡煙疏柳媚晴灘，入淮清洛漸漫漫。雪沫乳花浮午盞，蓼茸蒿筍試春盤，人間有味是清歡。」

蘇軾這首紀遊之作，乃宋神宗元豐七年（一〇八四）所寫，當時蘇軾正趕赴汝州（今河南汝縣）任團練使途中，途經泗州（今安徽泗縣）與好友劉倩叔同遊南山。此時的蘇軾因「烏臺詩案」入獄百日，後貶黃州復召入汝州，半途又值幼兒夭折與盤纏用盡的窘境。遍嘗人生百味之後的蘇軾，對功成名就的追逐已淡，能夠吸引他用心體會的，反而是初春曉寒中品味茶飲與鮮蔬的清歡之事了。

蘇軾在這首詞的上片三句寫的是初春景致，下片三句則刻畫其與朋友同遊南山喝茶吃野菜時的清歡滋味。

以上片前三句而言，「細雨斜風作曉寒，淡煙疏柳媚晴灘，入淮清洛漸漫漫」，描寫初春清晨細雨斜風且寒意侵人之景致。先描寫春寒料峭之狀，但蘇軾僅以「曉寒」簡單帶過；接著寫出雨腳漸收後的上午煙雲淡定的美好，但見河灘疏柳沐浴在一片晴暉之中。其中「媚」字極傳神地寫出蘇軾之喜悅——於風淡雲清中覺察春之萌發。最後，蘇軾由眼前的淮水聯想到它上游清碧的洛澗，當它匯入淮水之後便渾沌一片了。是以，眼前所見的淮水水流亦隨之逐漸高漲了起來。全幅展現一派春日溶溶的美好景致。

下片三句「雪沫乳花浮午盞，蓼茸蒿筍試春盤，人間有味是清歡。」則寫道蘇軾與朋友遊覽南山時，以清茶菜蔬野餐之歡快心情。午時，啜飲泛著乳白茶沫的清茶一盞，搭配應時鮮蔬一盤；此時之飲食雖僅嘗其本味，心頭卻舒放至極，十足展現了蘇軾對清淡物質之滿足與適意。是以，在這早春之日，三兩好友煎水飲茶，品嘗春天的時令菜蔬，這樣簡單的生活也就是所謂的清歡了。蘇軾與朋友歡快的心情在此表露無遺，品茗嘗鮮時的喜悅躍於紙上。而「人間有味是清歡」則是此詞最富哲理的句子，渾然天成、妙趣無窮。

試想，生活何嘗不如此，能夠讓自己日日保有清歡，確乎值得吾人用心。蘇軾的「清歡」是淡定的歡愉，也是智者洞察世態人情後發自內心的真誠喜悅。只有閱歷人世如蘇軾者，方能澈底明瞭「清歡」之真義——最簡單最家常最無機心的審美品味，至今，這種清曠閒雅的清歡境界，依然閃動著熠熠光彩，引人無盡遐思。

（原載《人間福報》第十四版〔縱橫古今〕，二〇一〇年三月二十九日）

留得枯荷聽雨聲

「留得枯荷聽雨聲」典李商隱〈宿駱氏亭寄懷崔雍、崔衮〉：「竹塢無塵水檻清，相思迢遞隔重城。秋陰不散霜飛晚，留得枯荷聽雨聲。」

此詩大約寫於唐大和九年（八三五），當時李商隱尚未及第，曾寄宿在一駱姓人家園林裡，因思念兩位位友人而寫下此詩。因此，秋夜聽雨，相思懷友之情盡在其中。

詩人寫道，水清而竹秀的竹塢中潔淨無塵，臨水的駱氏亭極為清靜，正是這清幽之地，特別引人懷念遠在長安的兩位友人，雖千山萬水也隔不斷相思之情。客中寂寥的詩人，仰頭望天，雲情雨意已濃，一片迷濛。讓原本已不夠開朗的心境，又蒙上一層陰翳。夏荷早已凋零，但見淅淅瀝瀝的秋雨，點點滴滴敲打在枯荷上，那錯落有致的聲響，無疑地特別有味道。是以，此詩所寄之懷，全圍繞著幾個疏朗的意象而發：修竹、清水、靜亭、枯荷、秋雨等，都是詩人抒情言志的憑藉，真正是一幅情景交融的畫面。

詩寫懷友之情，但借景抒情，歷歷如畫。尤其是「留得枯荷聽雨聲」這一名句，含蓄的寫出因懷友而難以成眠、靜聽雨打枯荷之聲的情境，極富韻味。如直接說成雨夜不眠，則餘味盡失。而枯荷這一殘敗衰颯的形象與其上滴答的雨聲，更道盡詩人羈旅異鄉之寂寥心境啊。因此，此句除懷友之情外，李商隱個人之身世蕭條寂寞之感，亦早已寓於其中了。李商隱因早慧而早有文名，然而卻無意地陷入朋黨之爭中。接踵而來的一連串不幸遭遇，更使詩人感受身世遭際之苦。因此「留得枯荷聽雨聲」，於景中寄託其深遠的情韻。

而「留得枯荷聽雨聲」之「枯荷」也作「殘荷」，乃《紅樓夢》裡黛玉所言而致。話說第四十回裡，賈母率眾人游湖。寶玉見大觀園裡一派奢華富貴，偏只殘荷擾了美景，便商量著要拔了去。而畫舫尾處的黛玉正倚窗而坐，玉手支腮，凝眸澄澈如秋水，柳眉顰蹙，只輕聲說了句：「我最不喜歡李義山的詩，獨愛他一句『留得殘荷聽雨聲』，偏你們卻不留著殘荷了。」這樣的黛玉，其善感多愁在此表露無遺，卻也因此顯出李商隱此詩之脫俗，由「枯荷」到「殘荷」，反倒更添出塵之清韻。

因此，「留得枯荷聽雨聲」這樣的晚唐雨聲，便一直滴答至今，餘韻不絕。

（原載《人間福報》第十四版〔縱橫古今〕，二〇一〇年四月十二日）

閒愛孤雲靜愛僧

「閒愛孤雲靜愛僧」，典出杜牧〈將赴吳興登樂遊原〉：「清時有味是無能，閒愛孤雲靜愛僧。欲把一麾江海去，樂遊原上望昭陵。」

詩人說道，天下太平時，我有閒情逸興，可說是無能之人；既喜愛孤雲般的悠閒，更喜歡如出家人般的清靜。我想手持旌麾，遠去吳興（湖州）一展長才；更想再登上樂遊原，遙望太宗的昭陵。

詩人杜牧，不只有文學才華，在政治和軍事上也很有才能；胸懷遠大，期待有朝一日大展抱負。然而他所面對的政壇一片黑暗，擔任吏部員外郎的他，在此閒差上無所作為。杜牧為求一展作為，乃要求遠赴外地擔任地方官。此詩便是他即將離京赴吳興（湖州）接任地方官時所寫的名作。因此，詩中多少有些文人心事。

其中，首二句「清時有味是無能，閒愛孤雲靜愛僧。」已成為傳世名句。詩人說道，眼前正是天下太平之際，既如此，而我也無特別能耐，那麼也清閒度日罷。其實詩人所言正好與事實相反，現實政治之昏暗，使人難以清靜，詩人不願同流合污，只有求去——遠去他鄉，尋求一番作為。因此，才有下聯「欲把一麾江海去，樂游原上望昭陵。」的說法，由於在京城感受到壓抑與無聊，乃思遠去湖州，以圖一番作為。正圖遠去之際，詩人猶然想及唐太宗這位唐史上傑出的皇帝。詩人車騎出了長安，便登高遠眺太宗的昭陵，思及家國之頹敗，更對自己清閒而無所作為的處境深感不安。因此，詩人在遠赴江南赴任之際，迴首京華，胸中不免幾許感慨。然而，杜牧仍以如此深刻且又含蓄的文字表露內心無盡的沉鬱之情。

由此回望全詩，詩人在起首二句所展現的「無能」與「閒」、「靜」，看似逸致閒情、國事皆可拋之狀，其實是詩人頗費一番周折後所調適的心聲。因此，詩人表達了既想外放地方為國效力的雄心，臨去之際卻又不忍頓然別離的眷眷之情。是以，詩題以「將赴吳興登樂遊原」即已透顯如此輾轉而深刻的心意。

杜牧此詩以登樂遊原始，以望昭陵止。不免令人聯想同為晚唐詩人的李商隱，亦曾寫下〈登樂遊原〉詩：「向晚意不適，驅車登古原。夕陽無限好，只是近黃昏。」不知兩位詩人的心情是否相互感應。但見詩人胸懷家國、追懷盛世之情長在，只是抱負未能施展，盡顯其中。因此，「閒愛孤雲靜愛僧」之簡練，其實既沉鬱又含蓄，值得細品。

（原載《人間福報》第十四版〔縱橫古今〕，二〇一〇年六月十四日）

春城無處不飛花

「春城無處不飛花」，唐代詩人韓翃〈寒食〉：「春城無處不飛花，寒食東風御柳斜。日暮漢宮傳蠟燭，輕煙散入五侯家。」

詩人寫道，暮春時節，長安城裡處處飛花與飄絮；寒食節裡，東風吹進皇家花園裡，但見柳枝飄拂。夜暮降臨後，宮裡忙著傳遞蠟燭，裊裊炊烟漸次散入王侯貴戚家裡，好一片繁華景象。

寒食節起源於春秋時期介之推的故事，介之推輔佐晉文公回國即位後，隱居綿山不出。晉文公乃燒山逼之，不料介之推竟抱樹而死。晉文公為悼念他，遂於其忌日禁火寒食，即目前清明節前一、二日。因此，此詩首先描寫暮春時節長安城的繁華景象，滿城花絮紛紛。在此無限風光中，東風吹過京城裡的皇家花園，但見柳枝隨風款擺的輕俏與柔美模樣。接著，又將焦點集中於王宮中的特殊景觀，夜暮低垂後，在普天禁火的現況中，宮裡卻忙著傳遞蠟燭，顯現宮裡盛況依舊的昇平景象。

韓翃乃唐代大曆十才子之一，生卒年不詳，這首〈寒食〉詩的首句「春城無處不飛花」卻使他名揚後世。據聞此詩所寫的是他與唐德宗的故事，依《新唐書．文藝傳》附傳所言，當時唐德宗親自點名為中書舍人，因當時有兩位同名的韓翃，德宗乃特為批示指明是那位歌詠「春城無處不飛花」的韓翃。由此可見韓翃文名之盛，此故事亦流傳甚廣，人盡皆知。

詩裡寫出寒食節日裡依然傳遞燭火的宮廷景象，一般多以此詩具諷刺意味。「飛花」喻宮城不禁，「御柳斜」喻持躬不正，「五侯」則是指唐代宦官權勢之盛。姑不論其諷刺宦官與否，此詩仍舊有其值得稱道之處。

就其空間感而言，由大的「春城」，隨著漫天飄舞的飛花落絮，逐漸過渡到宮苑中的楊柳，再聚焦於宮裡的蠟燭，並由蠟燭燃燒而生的輕煙，緩慢的細微的隨風飄散至五侯家裡。由「春城無處不飛花」至「輕煙散入五侯家」，空間感極為強烈。就其時間描述而言，「春城無處不飛花」指的是爛漫春日，「寒食東風御柳斜」所指則是寒食節。而「日暮漢宮傳蠟燭」指的是夜暮低垂後熒熒燭光的景象，最後「輕煙散入五侯家」則聚焦於一個美妙的片刻。由「春季」至「寒食節」，再到「日暮」以及視覺凝止的「片刻」，無一不呈露著時間遞進之美。

整體言之，全詩自「飛花」，至「輕煙」而止，呈現一派迷離朦朧之美，亦難怪唐德宗對韓翃之文名讚譽有加。更令千百年後的讀者，由「春城無處不飛花」中得以想見一個曼妙的遲遲春日，盡在眼前。

（原載《人間福報》第十四版〈縱橫古今〉，二〇一〇年六月二十一日）

淡妝濃抹總相宜

「淡妝濃抹總相宜」語出宋代蘇軾〈飲湖上初晴後雨〉：「水光瀲灩晴方好，山色空濛雨亦奇；欲把西湖比西子，淡妝濃抹總相宜。」

詩人寫道，在晴天陽光的照耀之下，西湖水波蕩漾，粼粼金光，照人眩目。在陰雨連綿的天氣裡，西湖之山巒在細雨中迷濛一片，極富詩意。若要把西湖比擬為西施，那麼晴天的西湖就是濃妝的西施，雨天的則像是淡妝的西施，無論何時都同樣好看。

這首蘇軾的詠西湖詩，大約為歷來所有歌詠西湖的詩文中最為知名的。宋元祐五年（一〇九〇），貶謫不斷的蘇軾擔任杭州刺史，曾大力組織民工疏濬西湖，並築堤建橋，頓使西湖舊貌翻新，史稱「蘇堤」。杭州百姓十分感念蘇軾的貢獻，人人以他為賢明的地方父母官，至今提及西湖便不能遺忘蘇軾這位史上知名的刺史。這首詩便寫於杭州任上，但詩中並無橫遭貶謫的怨嘆與悲憤，反而充滿閒適的情調，以及對美好人生的讚頌。

詩題「飲湖上初晴後雨」指出蘇軾在西湖邊上飲酒、賞景、賦詩的美好情景，幾乎可以透過詩句想見蘇軾在西湖的悠然神態，令人亦為之神往。眼前但見一片美好的湖光山色，明麗非常。是以，全詩前兩句先寫「晴」，後寫「雨」，晴天雨景的西湖，都有它不同的美；概括而言，只有古代越國的美女西施差堪比擬。自此詩一出，西湖又名「西子湖」，詩與湖可謂相得益彰。

而蘇軾與西湖的故事並沒有完，由於疏濬西湖之功，民眾感念蘇軾而致贈的豬肉，便在愛吃豬肉的蘇軾之巧手慧心之下，成為後來知名的佳餚「東坡肉」，並曾寫〈豬肉頌〉歌詠豬肉之佳美。由此可想見，貶謫的流離人生，於蘇軾而言並非都是困頓的。胸襟曠達的蘇軾，可謂無入而不自得，艱難無法擊倒他，卻能淬鍊他的人格，因此在他筆下的西湖不是「託物言志」的別有懷抱之作，就只是一則對佳美風景的真切讚嘆罷了。

是以，「淡妝濃抹總相宜」彷彿也正是蘇軾的人生寫照，無論進退得失，困頓或發達，「淡妝」與「濃抹」都是人生風景，無論如何妝點，總是美好。因此，蘇軾的人生進境，於此詩亦可見一斑。

（原載《人間福報》第十四版〔縱橫古今〕，二〇一〇年九月二十七日）

小樓一夜聽春雨

「小樓一夜聽春雨」語出陸游〈臨安春雨初霽〉：「世味年來薄似紗，誰令騎馬客京華？小樓一夜聽春雨，深巷明朝賣杏花。矮紙斜行閒作草，晴窗細乳戲分茶。素衣莫起風塵歎，猶及清明可到家。」

詩人寫道，這些年來，世態人情薄如透明紗，誰要我還是騎馬前來京華客居？隻身住在小客樓裡，一整夜聽著春雨淅淅瀝瀝，到了明天早晨，深幽小巷中就會傳來賣杏花的聲音。身在小樓裡的我，閒來對著短箋斜筆寫著草書；也在春雨初晴的窗邊，看著沏茶時茶碗水面所呈現的乳白小泡沫，戲為分辨茶色等級。作為一介素衣，千萬不要興發風塵會玷污我衣的慨嘆；等到清明時節我就可以歸家了。

此詩為宋代詩人陸游六十二歲所寫的晚年之作。當時陸游已賦閒游居故鄉山陰（今浙江紹興）五年之久，此時正準備赴任嚴州知府（今浙江建德），於杭州西湖邊的客棧暫居時，百無聊賴之際所寫下的。此時，陸游年少時的意氣風發與壯年時的輕狂不羈，都早已隨著歲月流逝了。然而，陸游心中的壯志仍在，對偏安的南宋朝廷更是心念繫之。當他又有機會被起用為知府時，不免心緒雜陳。因此，詩題「臨安春雨初霽」正好說明了一個偏安皇朝下的老詩人，雖有滿腔壯志豪情，卻都教臨安（杭州）此地的春雨給消磨殆盡了。

因此，首聯提及，已閒居五年的陸游，便在此春雨初停之際，不禁感嘆「世味年來薄似紗」，雖已遠離官場許久，對於世態炎涼的體會卻更加深刻了，難怪他要說世態人情薄得就像張半透明的薄紗似的。然世情既澆薄如此，何以仍重出江湖（任官），過這客居寂寥的生活呢？

接著，就是頷聯「小樓一夜聽春雨，深巷明朝賣杏花」的千古名句了。其描寫春光蕩漾之明媚，歷來傳頌不歇。然細味之，其中「一夜」兩字引人深思，試想一年近古稀的老詩人終宵不寐，只是悵悵然地聽著春雨淅瀝到天明，直至深巷裡叫賣杏花聲劃破曙色為止。可以想見，他究竟有多少心事以致終夜難以成眠？陸游乃藉由明媚的春光，委婉又含蓄的表達了自己內心的鬱悶。因此，春景之明媚與心情之沉悶，乃形成鮮明的對照。

在此明豔春光中，陸游只是閒來無事，寫寫草書或臨窗品茗以消遣時光，看似閒適恬靜，然而其中正蘊藏著詩人無限的慨嘆。國家正多事之秋，而我陸游居然在此寫字品茶以消磨大好時光，可見既無聊復可悲啊。於是怨憤之餘，乃寫下最後兩句，以表達其志若不得伸還不如回鄉之意。

是以，「小樓一夜聽春雨，深巷明朝賣杏花」裡聽雨的老詩人，並非為美好的春光而諦聽著小樓深巷的市聲，其心緒之黯然，宜乎可以蔣捷〈虞美人〉之「而今聽雨僧廬下，鬢已星星也。悲歡離合總無情，一任階前點滴到天明」可相比擬！

（原載《人間福報》第十四版〔縱橫古今〕，二〇一〇年十二月二十日）

春風又綠江南岸

「春風又綠江南岸」語出王安石〈泊船瓜洲〉：「京口瓜洲一水間，鍾山只隔數重山。春風又綠江南岸，明月何時照我還？」

詩人說道，今晚我停船於瓜洲（揚州瓜州鎮），在此遙望對岸京口（江蘇省鎮江市），只隔著一條長江。而故鄉鍾山（南京市紫金山）又和京口只隔著幾重青山。春風又將吹綠整個江南岸邊的草木，但明月何時能夠照映我返回鍾山腳下的故鄉？

北宋詩人王安石，工詩能詞，此詩即為他的名作。宋景祐四年（一〇三七年），王安石隨父定居於江寧（南京），此後江寧成為他的第二故鄉。王安石第一次罷相後，即隱居於江寧鍾山（紫金山）。宋熙寧八年（一〇七五年），王安石二次拜相，奉詔入京，即自江寧啟程，這首詩便是此時泊船瓜洲渡時所作的。全詩旨在抒發離家赴京的思鄉情懷，尤其是「春風又綠江南岸」一句最為知名。

首句寫出詩人從京口渡江抵達瓜洲時的情景，「一水間」形容舟行極速，頃刻即至。次句寫出詩人回望家鄉的情景，「只隔」極言鍾山之近；並把「數重山」的間隔，說得稀鬆平常。凡此種種，皆反映了詩人的心情極為輕鬆，路途似乎亦不算太遙遠。但此去赴京，誰知道又將要數載才能夠再回返家鄉呢？心緒自然有些悵然，否則亦不會如此頻頻回望。

後二句描繪了江南岸邊佳美的春色。春風吹過，轉眼一片新綠，景色奇美，令人依戀。詩人回望家鄉既久，不覺紅日西下而皓月初上。隔岸景物雖已逐漸消失在朦朧月色中，但詩人對家鄉的懷念卻愈見深刻，心裡想著：何時明月才能照映著自己再返回家鄉？思及此，不免有些黯然。

其中，「綠」字乃本詩之詩眼。據說一共改了十幾次，最終才訂為「綠」字。「綠」字巧妙地將春風「吹綠」草木的魔幻情景，生動地傳達出來。而此盎然生機，又恰與詩人奉召回京的喜悅之情暗合。因此，「春風」也暗寓皇帝的恩德。是以，「春風又綠江南岸」，不僅以「綠」字點化了原本沉重的離家思鄉之情，更洋溢著王安石這次再度赴京就任的欣喜之情。

雖然欣喜若此，但詩人亦可預見政治之不可信，將來總有再回來的一天，屆時秀麗的家鄉，仍是他理想的歸隱之地。就此而言，「春風又綠江南岸」不僅讚嘆了眼前美好的景色，更指出了濃厚的思鄉情懷，這恐怕才是詩人之著意推敲「綠」字的真正用意吧。

（原載《人間福報》第十四版〔縱橫古今〕，二〇一一年二月二十一日）

巖上無心雲相逐

「巖上無心雲相逐」語出柳宗元〈漁翁〉：「漁翁夜傍西巖宿，曉汲清湘燃楚燭。煙銷日出不見人，欸乃一聲山水綠。迴看天際下中流，巖上無心雲相逐。」

詩人說道，夜晚時分，漁翁停宿在西山（今湖南零陵湘江）；待清晨醒來時，漁翁汲取清澈的湘江水，以楚竹為柴點火做飯。日出後，繚繞的煙霧漸漸消散了，但反而未見任何人影；只聽得搖櫓的聲音迴蕩在青山綠水間。回身一望，原來漁翁早已將漁舟行至天際中流了，遠處山頭只見白雲無心地相互追逐著。

唐代永貞年間，詩人柳宗元（七七三～八一九）參與王叔文政治集團的改革。改革失敗後，柳宗元被貶為永州司馬，這是他一生最黯淡的歲月，也是文學史上閃亮的一頁。永州僻處湘南一隅，司馬且是閒差；在不得過問吏治的百無聊賴中，柳宗元選擇寄情山水，以遣愁懷。因此，他在永州時期完成了許多秀異的作品，這首〈漁翁〉便是其中一首佳作。

〈漁翁〉可說是〈江雪〉的姐妹作。「千山鳥飛絕，萬徑人蹤滅。孤舟蓑笠翁，獨釣寒江雪。」以簡短的詩句引領讀者進入一幅幽靜的畫面裡，在漫天鋪地的雪白大地上，萬籟無聲，清冷至極。獨有一漁翁端坐其間獨自垂釣，不為外境所動。詩中漁翁的超然物外，正是柳宗元的化身。

是以，〈漁翁〉自然也可視為柳宗元的自我陳述。仍是獨往獨來的漁翁，只是這回置身的空間是青山綠水。柳宗元筆下的漁翁，自然並非當時一般的漁民，而是柳宗元孤憤心境的超脫象徵罷了。

詩首二句寫出了夜宿與曉炊的美好情境。「汲清湘」以「燃楚竹」，升火燒飯，忙碌於日常生活，可見柳宗元豁達之境。但日出後，風煙俱淨，卻「不見人」，未免引人好奇。忽然「欸乃一聲」，正透露了漁翁正在青山綠水間的訊息。此類峰迴路轉的造境，確乎有「空山不見人，但聞人語響」（王維〈鹿柴〉）的妙趣。但最後，當讀者正要好好一睹漁翁的神采之際，他卻又飄然遠去；回看天際時，只見「無心」舒展的白雲似乎正尾隨著漁舟而去呢。此境正如陶淵明「雲無心而出岫」（〈歸去來辭〉）般的曠達與超脫，且餘韻悠長。

因此，「迴看天際下中流，巖上無心雲相逐。」雖有孤獨無依之現實，但有青山綠水相伴，反而更見沖淡清遠的佳美意境，予人無窮回味的餘地。〈漁翁〉這首設色淡雅且境曠意遠的詩篇，遂從此不朽。

（原載《人間福報》第十四版〈縱橫古今〉，二〇一一年二月二十八日）

東風知我欲山行

「東風知我欲山行」語出蘇軾〈新城道中〉之一：「東風知我欲山行，吹斷簷間積雨聲。嶺上晴雲披絮帽，樹頭初日掛銅鉦。野桃含笑竹籬短，溪柳自搖沙水清。西崦人家應最樂，煮芹燒筍餉春耕。」

詩人說道，東風好像知道我要往山裡去，便吹斷了連日來簷間不斷的積雨。山頭飄浮著的晴雲好像披著絲棉帽似的，初升的紅日更像是樹頭懸掛著的一面銅鑼。矮矮竹籬邊，野桃點頭含笑著；清澈的沙溪邊，則是柳條輕舞多情的搖動著。生活在西山一帶的人家應是最樂的，煮芹燒筍以款待春耕的到來。

詩人蘇軾（一〇三七－一一〇一）於宋神宗熙寧六年（一〇七三）二月視察杭州屬縣，當時他自富陽經過新城（今富陽新登鎮）時，見春光爛漫而作此詩。這首七言律詩自成一幅春日的山水畫屏，令人神往。做為杭州的地方父母官，蘇軾無疑是懂得欣賞並享受當地風光的有情人。

詩的首聯，蘇軾以擬人法寫東風的動態。綿綿春雨多日不歇，詩人有事需要入山，正準備冒雨前行。不料天將大白之際，房簷下的積雨聲忽然止住了，天也放晴了。東風似乎知道詩人將要出行，於是很有默契的吹走了連綿多日的陰雨。其實只是詩人心情愉悅，乃特別覺得春風通曉人性。可見，蘇軾與景物之間彷若知音般契合。

頷聯敘寫遠景，但見遠處一座座峰巒，頂上飄浮著潔白的雲朵，宛如戴上輕軟的絲綿帽子般；而紅日剛剛升起，掛在高高的樹梢頭，更好像一面黃澄澄的銅鑼懸掛著。兩句便把晴天雲朵的浮動以及初升旭日，描繪得神采煥發。

頸聯所寫的是近景，生動有致，更見風情。但見竹籬邊野桃花探頭探腦、笑意正濃；清澈沙溪邊的楊柳，雖無風仍兀自舞動著腰枝。大自然的景物被詩人如此賦予擬人的神態，一派嫵媚。詩人一路前行，路旁春色真使人目不暇給，一花一木皆生機盎然、殷勤好客。

因此，末聯裡，詩人一路行來，已為滿山美好春色而流連忘返，卻忽見西山幾戶人家正炊煙裊裊，燒飯做菜的農婦有的已提著飯籃，走向春耕處了呢。鄉野人家的美好生活，正是世間最快活的至樂。一路行來的蘇軾，心中滿是喜悅。

在此明媚春光中，明麗清新的色調使人充盈愉悅。在「東風知我欲山行」的多情中，適時的放晴，怎不使詩人喜出望外呢。所以，一路豐盈的春色，更烘托了詩人山行之樂。情景相生，正是人生至高之藝術。

（原載《人間福報》第十四版〔縱橫古今〕，二〇一一年三月七日）

春來江水綠如藍

「春來江水綠如藍」語出白居易〈憶江南〉：「江南好，風景舊曾諳，日出江花紅勝火，春來江水綠如藍，能不憶江南？江南憶，最憶是杭州，山寺月中尋桂子，郡亭枕上看潮頭，何日更重遊？江南憶，其次是吳宮，吳酒一杯春竹葉，吳娃雙舞醉芙蓉，早晚復相逢！」

詩人說道，江南是個好地方，風景都是我以前熟悉的。日出時，江邊花朵照耀得火紅一片；春來時，江水碧綠如藍草，叫我怎能不懷念美好的江南？好懷念江南啊，最懷念的是杭州。月明之夜，我常悠閒的走到山寺尋找桂子；也曾在郡亭裡，倚靠枕上觀賞起落的潮水，何時能夠再來？好懷念江南啊，蘇州也是我懷念的地方。來喝一杯當地名產的竹葉春酒，看一場蘇州美女醉芙蓉般的舞姿吧，真是人生一大樂事，何時還能再來一遊？

詩人白居易（七七二～八四六）為中唐大家，曾任杭州、蘇州刺史；晚年定居洛陽。他在杭州任內兩年，蘇州任期也一年有餘。曾旅居蘇杭的經歷，使得江南勝景在他心頭一直縈繞不去。當他回到洛陽後十二年，也就是六十七歲時，詩人寫下了這三首知名的憶江南之作，追敘了江南美景以及他對蘇、杭兩地的懷念。

開篇一句「江南好」，開門見山地毫不隱諱他對江南的好感。在讚嘆聲中，詩人撫今追昔，說明當年自己親身感受的江南風光是多麼地熟悉啊。回憶中，江南春色之美好，美在紅日燦爛之際，江畔鮮花因此顯得十分火紅；而春江水在綠草掩映之下，甚至比藍草還要青綠。以「紅勝火」的江花與「綠如藍」的江水，做為回憶中最突出的色澤，令人神往；而江南勝景之絢麗可愛，亦呼之欲出。而「能不憶江南」更以反詰呈露出詩人對江南熱烈的讚嘆與眷戀之情。

江南之迷醉人的春色，最令人眷戀的是杭州。古籍記載「杭州靈隱寺多桂」，中秋望月時，桂子墜落。詩人曾在此八月桂花香的月夜，流連於月下的桂叢；不時舉頭望明月，亦不時俯首尋桂子。美麗的傳說構築了一幅絕美的畫意詩情，引人神往。而錢塘潮奇觀更是記憶中最壯美的一頁，在每年中秋後三日潮勢最大，潮頭可高達數丈。詩人躺在他的郡衙亭子裡，便能悠哉得見那澎湃的海潮奇景了。一柔美一壯美，杭州如何不令人難忘？

而蘇州也是詩人難忘之地。吳酒一杯春竹葉，指的是能帶來春意的酒。一邊飲吳酒，一邊觀賞吳娃雙舞猶如醉芙蓉般的舞姿。這畫面或許便是詩人對吳王夫差與吳娃西施的故事的想像吧。而今，十多年後，人在洛陽的詩人回憶當年的盛景，不知何時還能再赴蘇州一遊？

詩人追憶似水年華，神思由洛陽飛躍至蘇杭，從今日穿越至十多年前的時光往事裡，詩人的無限深情盡在其中矣。江南春色之光彩耀目，不只是詩人晚年美麗的記憶；它彷彿也是讀者心中悠遠而深長的記憶，餘音蕩漾，至今不息。

（原載《人間福報》第十四版〈縱橫古今〉，二〇一一年三月二十一日）

穿花蛺蝶深深見（原題名：人生七十古來稀）

「傳語風光共流轉」語出杜甫〈曲江〉二首之二：「朝回日日典春衣，每向江頭盡醉歸。酒債尋常行處有，人生七十古來稀。穿花蛺蝶深深見，點水蜻蜓款款飛。傳語風光共流轉，暫時相賞莫相違。」

詩人說道，上朝回到住所，天天典當春天穿的衣裳，將換得的錢財拿到江頭買醉，直到盡興方才回家。到處都欠酒債，但那是尋常小事；人生能活到七十歲，自古以來都是稀有之事。但見蝴蝶在花叢深處穿梭往來，蜻蜓在水面款款而飛，多麼愜意。請代我傳話給春光，勸它與我一同逗留吧，雖然只是暫時相賞罷了，但也不要辜負這美好的春光啊！

這首〈曲江之二〉與前一首〈曲江之一〉是聯章詩，前後兩首往往有意義上的聯繫。這首即承接前一首「何用浮名絆此身」之意而繼續發揮，並引出其中名句「穿花蛺蝶深深見，點水蜻蜓款款飛」以及「人生七十古來稀」等名句。

此詩開首，詩人立即以親身體驗回應浮名牽絆的虛妄。暮春之際，春衣才正派上用場，詩人卻窮得典當春衣，可見冬衣應已典當一空，方有此狀況，並且是「日日典」，可見詩人之不得志，似已窘困至無米可炊之境，方出此下策。然而，其後詩句卻奇峰突起，原來詩人不過是為了每日買醉而已；且酒債已達「尋常行處」皆有的地步。詩人付出如此代價，難道僅為換得一醉？詩人之意恐怕更加深刻，他接著說出了「人生七十古來稀」的名言，意謂著人生能活多久，實在無法預先掌控，那麼及時行樂吧！此一看似憤激之言，若與杜甫當時無法「致君堯舜上」的苦悶心境相互聯結的話，便可得知其言外之深意。

是以，詩人欣賞著眼前「穿花蛺蝶深深見，點水蜻蜓款款飛」的美景，一邊在「人生七十古來稀」的體悟中，感受著眼前一片美好的春光，遂興起人生短促若此而大好春光卻又即將消逝的不捨之感。於是，詩人以惜春之情，忘情地轉請蛺蝶與蜻蜓代替自己向明媚的春光喊話：可別太快消逝，讓我好好流連在春光的美好中吧。至此，已達物我合一、情景交融的境界了。

因此，對於當時仕不得志而有感於暮春的杜甫而言，其惜春乃至於留春停駐，看似只關注吃酒看花之賞春樂事，其實他要傳達的正是難以言說的不得志；此詩「含蓄蘊藉」之美，亦由此見出。

（原載《人間福報》第十四版〔縱橫古今〕，二〇一一年四月十一日）

人生有情淚霑臆

「人生有情淚霑臆」語出杜甫〈哀江頭〉：「少陵野老呑聲哭，春日潛行曲江曲。江頭宮殿鎖千門，細柳新蒲為誰綠。憶昔霓旌下南苑，苑中萬物生顏色。昭陽殿裏第一人，同輦隨君侍君側。輦前才人帶弓箭，白馬嚼齧黃金勒。翻身向天仰射雲，一箭正墜雙飛翼。明眸皓齒今何在，血污遊魂歸不得。清渭東流劍閣深，去住彼此無消息。人生有情淚霑臆，江水江花豈終極。黃昏胡騎塵滿城，欲往城南望城北。」

詩人說道，祖居少陵的我（野老）無聲痛哭，春日裡偷偷地來到了曲江隱曲角落之處。只見宮殿千門閉鎖，柔細的柳條和新生的水蒲為誰而綠？回憶當初皇帝的彩旗儀仗曾下到芙蓉苑，使苑裡萬物生出光輝。昭陽殿裡的第一美人楊貴妃也同車出遊，隨侍在皇帝身旁。車前的宮女帶著弓箭，雪白的馬匹配上黃金的馬勒。翻身向天仰視青雲，一笑間射下一雙飛鳥。但貴妃的明眸皓牙齒如今在哪裡？鮮血玷污的遊魂，再也不能歸來長安了。清清渭水（貴妃墓地）向東流去，而明皇所在的劍閣又是那麼地深遠，一死一生彼此不通音訊。人生有情，淚水沾濕了胸臆，但曲江的水和花草哪裡會有終極？黃昏時，安祿山的軍隊揚起滿城塵土，我想去城南民居處，卻時時回望著城北的皇城。

杜甫一生寫過許多與「曲江」有關的詩歌，這首〈哀江頭〉便是其中知名的一首。詩計二十句，前四句寫出杜甫重遊破敗的曲江所引發的撫今追昔之感；中間八句寫出記憶中唐玄宗與楊貴妃遊幸曲江的盛事；最末八句寫出感傷於貴妃之死和玄宗出逃，並藉以哀歎曲江與戰後長安的昔盛今衰。

杜甫於安史之亂後重遊曲江，見其衰敗有感而發。一生亟思「致君堯舜上」的詩人，雖以詩中大段文字回憶玄宗與貴妃的故事，但詩之前後卻都是詩人自己的身世之感。從「少陵野老吞聲哭，春日潛行曲江曲。江頭宮殿鎖千門，細柳新蒲為誰綠。」可以想見杜甫在安史之亂後只能無聲痛哭的景象，在春暖花開的良辰好景之際，不免偷偷地重回長安曲江。但見重門深鎖的破落，不免感嘆細柳新蒲究竟為誰而綠？因此在重遊曲江、回憶過往繁華之際，杜甫體認「人生有情淚霑臆，江水江花豈終極」之理，人事全非足以令人感傷，但無情的江水與花草樹木卻全然不理會人事之變化，花自開放水自流，惟有有情之人觸景傷情，久久不能自已。杜甫之難以忘情，更可由「欲往城南望城北」看出，明明應該離去了，卻不由得總是要回望城北已然破敗的皇城，可見杜甫眷戀之深。

是以，「人生有情淚霑臆」道出了有情之人面對昔盛今衰所發出的最大傷痛。淚水不止，沾濕胸前大片衣襟，然其痛楚卻深入內心啊。

（原載《人間福報》第十四版〈縱橫古今〉，二〇一一年四月二十五日）

吹面不寒楊柳風

「吹面不寒楊柳風」語出釋志南（一作釋志安）〈無題〉：「古木陰中繫短篷，杖藜扶我過橋東。沾衣欲濕杏花雨，吹面不寒楊柳風。」

詩人說道，我在溪邊老樹下乘坐小船出遊；一時遊興大發，拄杖行至橋東。沿途但見杏花和細雨一同飄落，幾乎沾濕了我的衣裳；而柳絲亦隨和風拂面而來，卻絲毫不令人感覺寒冷。

僧志南，南宋詩僧，志南乃法號。其生平不詳，但此詩卻流傳千古，尤其是後兩句「沾衣欲溼杏花雨，吹面不寒楊柳風」更是膾炙人口。

此詩寫的是詩人在和風細雨中拄杖春遊之趣。但見詩人在古木蔭下乘坐小船出遊，之後則拄杖步行，但別出心裁的詩人卻說是「杖藜扶我」，將藜杖人格化，彷彿他是一位可依靠的遊伴，予人安全感。詩人遊興大發，便欣欣然走過小橋，一路向東前行。「東」往往與「春」的涵義相連，春神即稱東君，東風更專指春風。可見詩人之詩藝亦高，藉由「過橋東」，暗示這是一次愉悅的春遊。

最精彩的後兩句，特以「杏花雨」及「楊柳風」具體描繪了春之畫意詩情。「杏花雨」頗有韋莊「霏微紅雨杏花天」與陸游「小樓一夜聽春雨，深巷明朝賣杏花」之韻味。而「楊柳風」更見楊柳新綠而隨春風搖曳的浪漫氛圍，很有湯顯祖「池暖風絲著柳芽」之情調。是以，杏花雨「沾衣欲濕」貼切的形容了初春細雨似有若無的美妙，頗有陶淵明「衣沾不足惜」的風味；「吹面不寒」楊柳風亦有薰人欲醉的春暖之感。詩人便在此美景中扶杖東行，漫步於杏花春雨與不寒楊柳風交織的迷人春色裡，一路但見灼灼杏花與翩翩楊柳，好一幅愜意的春遊圖畫，詩人乘興遊春的怡然躍於紙上。

進而言之，沾衣而欲濕未濕的春雨，以及吹面而來卻不寒的楊柳風，其實大有深意。杏花雨與楊柳風看似客觀存在的景物，卻於「沾衣」與「拂面」之際與詩人身體結合為一，感受亦深。如此便具備物我合一、天地並生的意義了。因此，詩人面對此情此景，以其曼妙難以言喻，便姑以「無題」稱之了。

是以，一路春遊的詩人，在爛漫春光中，於「沾衣欲濕杏花雨，吹面不寒楊柳風」的寫景中，體會了人生奧義。原來既是乘小船而來，便解纜登船回寺吧。

（原載《人間福報》第十四版〔縱橫古今〕，二〇一一年五月三十日）

我言秋日勝春朝

「我言秋日勝春朝」語出劉禹錫〈秋詞〉之一、之二：「自古逢秋悲寂寥，我言秋日勝春朝。晴空一鶴排雲上，便引詩情到碧霄。山明水淨夜來霜，數樹深紅出淺黃。試上高樓清入骨，豈如春色嗾人狂。」

詩人說道，自古以來，每逢秋日人們往往因之感傷，我卻要說秋天其實比春天還要美好。但見晴空裡一只仙鶴拍打雲朵直上青天，似乎也把我的詩思也帶進了九霄碧空裡。再者，秋夜如霜，一片山明水淨之貌，以及滿山紅黃層出的林木，在在令人神往。若您不信，不妨試上高樓一望究竟，立時便有沁涼入骨、思想澄淨之感；此時心情爽然，不若繁華春色般教人輕浮若狂。

唐詩人劉禹錫（七七二－八四二），其〈陋室銘〉為人稱頌。一生經歷坎坷，曾數度被貶。這兩首〈秋詞〉便是劉禹錫被貶郎州（今貴州遵義）時的作品。劉禹錫一生堅持理想，蔑視權貴卻橫遭貶斥。儘管如此，這兩首別開生面的〈秋詞〉，卻未見一絲酸腐怨懣之氣，反而獨出機杼，以「秋日勝春朝」標明他明朗的人生態度，一新耳目。

〈秋詞〉之一的首句，即明言悲秋乃古今皆然，但「我」卻說出與眾不同的觀點——秋日勝春朝，一新天下人耳目。因此，在詩人眼裡，「秋」的色彩是清新明朗的。詩人以「晴空」與「碧霄」勾勒出一幅壯麗的秋景，逗引讀者一同觀看他詩裡所構築的朗朗青空。但見一碧如洗的高空裡，白鶴凌空而飛，直衝九霄雲外；其昂揚奮姿不妨視為詩人的精神象徵。詩人之胸懷灑然於此表露無遺，莫怪詩人要獨排眾議地直言「秋日勝春朝」了。

不僅如此，著意點染秋之爽朗的詩人，在〈秋詞〉之二裡，更有意地以秋之「清入骨」對比春之「嗾人狂」。且看秋夜如霜，一派山明水淨，更有滿山紅黃突顯了秋日景致之美。詩人恐怕讀者不信，且邀一同登樓領略秋日沁入肌骨的清涼。秋之令人清醒，相較於令人迷醉的爛漫春光，更顯清新。因此，人們又何必非得悲秋？詩人之別具隻眼在此表露無遺，其襟懷之曠達更令人動容。

詩人自是深諳自古以來「悲秋」主題的蕭索之氣，往往承載了許多志士失路的悲嘆。而詩人卻偏要說秋日比起萬物新生的春天還要美好。秋日於他，是一派爽朗的好日子，尤其是詩人以高飛入雲的鶴鳥自況的灑然，更令人讚嘆。萬里晴空中，詩人如鶴般矯健凌厲，肅殺的秋色頓成令人精神抖擻的佳氣。因此，鶴之不屈便是劉禹錫的化身，也是他昂揚精神的展現。「我言秋日勝春朝」洵非虛言。

（原載《人間福報》第十四版〔縱橫古今〕，二〇一一年六月六日）

萬物靜觀皆自得

「萬物靜觀皆自得」語出程顥〈秋日偶成〉：「閒來無事不從容，睡覺東窗日已紅；萬物靜觀皆自得，四時佳興與人同。道通天地有形外，思入風雲變態中；富貴不淫貧賤樂，男兒到此是豪雄。」

詩人說道，心情閒適，凡事都從容不迫。一覺醒來，紅日已高掛東窗了。平靜觀看萬物，心中自有所得；一年四季的美妙風光，也都各有巧妙。道理貫通天地間一切有形之物外；思緒亦如風雲變幻般隨時都有領悟。富貴而不迷失本性，貧賤仍能樂天；男子如能有這樣的修為，就是個英雄豪傑了。

宋代理學家程顥（一〇三二－一〇八五），自幼聰慧過人，據說十歲能詩。後師從周敦頤，立志於孔孟之學，並博覽諸家。周氏教學中，常要求學生思考孔子與顏回之樂究竟為何？其師生倆既不得志又困頓一生，卻依然不改其樂。程顥由此尋出人生的道理，正因孔子與顏回確知了人生的價值在內而不在外之故。此外，程顥也對道家及佛教有所體會。是以，程顥在求得閒差、定居洛陽後，於每日讀書講學中，更加深刻體會了求學問道之樂。這首知名的〈秋日偶成〉正是程顥對人生之體會的最佳呈現。

〈秋日偶成〉所呈露的正是一派意態悠閒、凡事從容，絲毫無任何壓力的姿態。因此一覺醒來，但見紅日已高照東窗。走到戶外，以平靜的心觀賞萬物，一切無不美好；而春夏秋冬四季亦皆有其殊勝之處。「萬物靜觀皆自得，四時佳興與人同」這一名句中的關鍵，便在一個「靜」字。而人生修為的關鍵正在此一「靜」字。人能靜得下來，便是功夫；遇到任何變化，皆能怡然自得。人似乎不必因為順逆窮達而有任何波動，靜觀萬物即知其中奧秘。

因此，若懂得靜觀之樂，便能看穿天地風雲之變幻乃無所不在，而我們的思維亦如同風雲變幻般，隨時皆有不同領悟。程顥認為「人與天地一物也」，也說過「仁者渾然與萬物同體」。因此，當他沉思宇宙義理時，發現「道」乃萬物之本源，卻不隨萬物之生滅而有所增減；而我們的思緒卻能隨著風雲變幻而隨時不同，並極盡奇思妙想之能事。既如此，世間還有什麼不平之事？道家之精義盡在其中矣。

然而，最後程顥歸根於儒學，將孔子「貧而樂道」與孟子「富貴不能淫」合而論之，為「豪雄」下定義。處富貴而不迷失本性，困頓時依然不改其樂。人生在世，苟能如此無欲無求，便是真正能夠靜觀自得者，如此男兒方能配稱「豪雄」了！若能到達如此修為，何必一定得功成名就，才算發達？

因此，通過直覺與萬物冥會，以達到物我合一，正是〈秋日偶成〉的精義所在。

（原載《人間福報》第十四版〈縱橫古今〉，二〇一一年七月十一日）

雲自無心水自閑

「雲自無心水自閑」語出白居易〈白雲泉〉：「天平山上白雲泉，雲自無心水自閑。何必奔沖山下去，更添波浪向人間。」

詩人說道，蘇州天平山上有清泉不斷的白雲泉。在那兒，但見白雲卷舒自在，清泉自在潺湲。泉水啊你又何必非得奔瀉下山？山下是已然波濤洶湧的人間，何需再添波瀾？

白居易（七七二－八四六）為唐代知名詩人。唐憲宗元和十年（八一五），白居易貶江州司馬，原本懷抱的濟世理想因此頓挫而消滅，獨善其身的葆光之道卻日益明確。唐敬宗年間（八二五），白居易在蘇州刺史任上，政務繁忙，深感惱人。偶然來到蘇州郊外的白雲泉，但見泉水無心奔流，對照自己的案牘勞形，乃有感而發，成就了〈白雲泉〉這首明快之作；而詩中所反映的正是詩人後半生淡泊靜定的人格精神。

詩人遊天平山，卻未著墨於山勢之雄偉高峻，以及吳中第一名泉的聲名，反而別出心裁地聚焦於山上的「白雲」與「泉水」，並將「泉水」擬人化，成為詩人對話的對象。是以，詩人但見「雲自無心水自閑」，其實雲之「無心」與水之「閑」，都是詩人心情的投射。陶淵明亦曾以「雲無心以出岫」（〈歸去來辭並序〉）表達自己閒適的心境。白雲的舒卷自在與泉水的潺潺奔流，皆呈露從容自在的悠緩。可見，詩人積極用世的信念已然淡定，看待人事紛擾的態度亦如雲水之無心悠遊，不疾不徐，十分淡定。

因此，詩人不禁歆羨泉水的自在奔流，卻不免忘情地對著泉水喊話，你儘管自在流瀉吧，何必太過積極地直奔山下而去？一旦奔瀉下山，不免為已然紛擾的人間多添波浪啊。詩人藉泉水奔流抒發了他不願再添人間煩惱的心意，惟願淡泊閑雅度日呢。

若人生果真如一條長河，那麼奔瀉而下的姿態，便是青壯年階段的戮力奔波了吧。積極進取的人生，自然有其昂揚奮進的光芒，令人心蕩神馳，難以自拔。但「奔沖山下去」的代價，卻往往是頭破血流、劍拔弩張，不止人我關係緊張，個人身心亦無法平衡。此時惟有懸崖勒馬、舒緩腳步，方得調適人間風波。是以，生活種種歷練的累積，足以令人看透、看淡，逐漸學會放棄與捨去。然後便發現，其實不必拼命也能順遂，沒有雄心壯志亦能平安度日。詩人所指，正是這種無欲則剛的淡定心境。

是以，心中若無事，「坐看雲起時」（王維〈終南別業〉），自有一番「雲自無心水自閑」的體悟。

（原載《人間福報》第十四版〔縱橫古今〕，二〇一一年七月十八日）

卷五

萬事有為應有盡——洞明世事

世事浮雲何足問

王維〈酌酒與裴迪〉：「酌酒與君君自寬，人情翻覆似波瀾。白首相知猶按劍，朱門先達笑彈冠。草色全經細雨溼，花枝欲動春風寒。世事浮雲何足問，不如高臥且加餐。」其中「世事浮雲何足問，不如高臥且加餐」寓示了一幅美好的人生圖景，引人深思。

唐開元末年，王維購得宋之問的輞川別業，並以此為隱身之處。摯友裴迪不時造訪，悠遊其中，賦詩相酬為樂。王維與裴迪俱有描寫輞川的組詩傳世，兩人絕佳的友情，均可由詩中尋訪。

乍見此詩，以為是一首閒適的田園詩，但其實頗堪玩味。

首聯兩句，是兩位好友相對酌酒的情景，「酌酒與君君自寬」，詩人胸中憤懣，與摯友一起借酒澆愁，重複強調「君」字，顯示詩人對朋友的重視。「寬」者，指的是自寬與寬人，藉勉勵友人以自勉。因此，第二句「人情翻覆似波瀾」，可以想見詩人與裴迪對酌時，談及令人心煩的人情，只能以「翻覆」與「波瀾」，說明人世之風波不定，表達憤激之情。

頷聯緊承「人情翻覆」而來，鋪敘世態炎涼。相知至白首的好友尚且需要按劍提防對方，更何況其他人？「彈冠」典出《漢書》「王陽在位，貢公彈冠」的故事，指漢代一對好朋友王吉和貢禹。王吉在朝中當官，貢禹便將冠上的灰塵彈去準備當官，「彈冠」便即做官。後有成語「彈冠相慶」，指幾個人見有官可做而預先慶祝之意，有等待好友提拔之意。「彈冠」之典在此卻有濃厚的嘲諷之意。一旦自己的朋友成為「先達」後，即笑侮後來彈冠（出仕）者，不僅可能排擠之，更不乏落井下石者。這是王維對人世極深沉的詈罵，也是洞見。金庸小說《白馬嘯西風》也引用此詩的其中三句，文武全才的華輝對文秀如此說道：「這是王維的兩句詩。上聯說的是，你如有個知己朋友，跟他相交一生，兩個人頭髮都白了，但你還是別相信他，他暗地裡仍會加害你的。他走到你面前，你還是按著劍柄的好。這兩句詩的上一句，叫做『人情翻覆似波瀾』。至於『朱門早達笑彈冠』這一句，那是說你的好朋友得意了，青雲直上，要是你盼望他來提拔你、幫助你，只不過惹得他一番恥笑罷了。」此說可謂直探人心深處，頗令人玩味。

頸聯最是精采，看似寫景，閒閒兩筆，其實耐人尋味。詩人說道，小草得時雨滋潤而生氣勃然，花反受春寒所制而難動，暗喻小人得勢、君子失時之意。詩人以極含蓄的字眼，道盡他對世態的看法。

尾聯則以「世事浮雲」與「高臥加餐」做結。世事如浮雲，「何足問」有種不屑一顧的鄙薄之意，因此詩人說，還不如「高臥」且「加餐」來得自在舒適。由此可以想見，詩人高臥林間、努力加餐飯的情景，何等超凡脫俗。

是以，「世事浮雲何足問，不如高臥且加餐」，面對人世之不堪與無奈，與好友對酌於山林之間，無所事事，何等快活！

（原載《人間福報》第十四版〈縱橫古今〉，二〇〇九年八月三十一日）

人生到處知何似

「雪泥鴻爪」一詞，出自蘇軾〈和子由澠池懷舊〉：「人生到處知何似？應似飛鴻踏雪泥。泥上偶然留指爪，鴻飛那復計東西？老僧已死成新塔，壞壁無由見舊題。往日崎嶇還記否？路長人困蹇驢嘶。」

蘇軾此詩彷彿看透人生，尤其是前兩聯對人生的理解，最為人所稱道。後兩聯反倒接近故事的介紹。話說宋仁宗嘉佑元年（一〇五六），蘇軾（子瞻）與其弟蘇轍（子由）赴京應舉途中，曾寄宿奉閒僧舍並題詩僧壁。次年，蘇軾即以〈刑賞忠厚之至論〉與弟蘇轍同榜中進士。時至宋仁宗嘉祐六年（一〇六一），蘇軾赴任陝西任鳳翔府簽判，路過澠池，其弟蘇轍送至鄭州，眷眷手足之情難遣，便寫了一首〈懷澠池寄子瞻兄〉以寄贈兄長；而此詩〈和子由澠池懷舊〉即為蘇軾回贈的和詩。

對於正當盛年（二十六歲）的蘇軾而言，舊地重遊的感傷，來自於人事已非的痛惋。當年與奉閒和尚偶然交會的光亮，竟爾消失於無形，滄海桑田所需的時間不過短短五、六年。念及此，正意氣風發的蘇軾，也不免要慨嘆不已！

因此，回頭再看此詩前兩聯，更能理解蘇軾何以有「人生到處知何似？應似飛鴻踏雪泥」這樣的感悟了。人生所到之處，就像飛鴻偶然停駐於雪泥一般，短暫、偶然與飄忽不定；一旦鴻鳥遠去，誰能辨其飛向何處？既如此，面對充滿偶然性遇合的人生，蘇軾自然有所領悟。

然蘇軾並不打算讓這首懷舊詩，落入過度悲愁的調子裡。面對「老僧已死成新塔，壞壁無由見舊題。」這樣的落寞局面，蘇軾深知雪泥鴻爪無可追尋；但最末聯「往日崎嶇還記否？路長人困蹇驢嘶。」卻又說明了過去為人生而奮鬥的鴻爪留痕，是永難忘懷的。

是以，此詩饒有幾許懷舊之哀愁，但積極的人生意義，其實早已蘊藏於字裡行間了。因此，「人生到處知何似？應似飛鴻踏雪泥。」是蘇軾對人生所下的最佳註腳。

（原載《人間福報》第十四版〔縱橫古今〕，二〇〇九年十月五日）

事如春夢了無痕

「事如春夢了無痕」出自蘇軾〈正月二十日與潘郭二生出郊尋春，忽記去年是日同至女王城作詩，乃和前韻〉：「東風未肯入東門，走馬還尋去歲春。人似秋鴻來有信，事如春夢了無痕。江城白酒三杯釅，野老蒼顏一笑溫。已約年年為此會，故人不用賦招魂。」此詩第二聯衍化出「人似秋鴻」與「事如春夢了無痕」兩句傳世名言。

話說宋神宗元豐二年（一〇七九），蘇軾因烏台詩案入獄。次年謫遷黃州。宋神宗元豐四年（一〇八一），人在黃州的蘇軾，已過中年，對人生已有一番體驗。詩題裡的潘、郭二生，指的是潘丙與郭遘。他們在蘇軾剛至黃州時，便已相識並出遊，得詩〈正月二十日往岐亭，郡人潘、古、郭二人送余於女王城東禪院〉。隔年同日出游，憶及去歲舊事，乃作此詩以和前韻。二詩相隔僅一年，但境界已大不相同。

由首聯看來，應是嚴冬風寒時出遊的。因此頷聯才會生發「人似秋鴻來有信，事如春夢了無痕」的無常之慨。顯然已歷盡滄桑的他將自己半生的人生體會化約為兩類，一是「人似秋鴻來有信」，一是「事如春夢了無痕」。前者指的是人力所能掌控的部分，如同時節已至應約而來的秋鴻般，一般人大都能夠舊地重遊。後者感嘆往事縹渺，了無痕跡，只留下無限眷戀。人間種種事端仿如春夢，夢醒了也就跟著遺忘了。由此可見蘇軾對人、事的通情達理，已臻化境。

頸聯提及蘇軾一行人所遊之地——岐亭，本名楚王城（楚國春申君封地），傳說此城住有武功奇高的女子，因名「女王城」。原來陪他同行的尚有以懼內出名的俠士陳季常，「河東獅吼」即為蘇軾戲弄他的故事。此時，蘇軾的繼室王閏之和愛妾朝雲皆健在，而陳季常恰恰是蘇軾在鳳翔府時結識的摯友，他對蘇軾的元配王弗應十分熟悉；陳夫人與當年蘇夫人王弗應該都被視作女王罷。一行人至楚王城（女王城）一同飲酒，談笑往事，無限愜意。末聯「招魂」典出宋玉為諷諫楚懷王，勸之招回屈原所作之〈招魂〉。由此可知，蘇軾已定約，年年要來此處會見朋友；並要好友們不要為他進行任何招魂式的平反。

蘇軾以「人似秋鴻」、「事如春夢」點出其人生進境。生命中有許多事是可以確定的，但還有更多是難以掌控的。蘇軾通透了這點，所以能夠於平常處體味人生，以致產生澄淨如斯的智慧。凡塵俗事，掛礙者多，唯有回到本心，方能體會蘇軾的了然罷。

（原載《人間福報》第十四版〔縱橫古今〕，二〇〇九年十一月二日）

心輕萬事皆鴻毛

「心輕萬事皆鴻毛」典出李頎〈送陳章甫〉：「四月南風大麥黃，棗花未落桐陰長。青山朝別暮還見，嘶馬出門思舊鄉。陳侯立身何坦蕩，虬鬚虎眉仍大顙。腹中貯書一萬卷，不肯低頭在草莽。東門酤酒飲我曹，心輕萬事皆鴻毛。醉臥不知白日暮，有時空望孤雲高。長河浪頭連天黑，津口停舟渡不得。鄭國遊人未及家，洛陽行子空歎息。聞道故林相識多，罷官昨日今如何。」

詩人寫道，送別陳章甫的時節，正是四月南風吹來大麥一片金黃之際，棗花還未落下，桐樹已很茂盛了。早晨告別了青山，晚上還可以看得見，在外面聽到馬蹄聲，使我思念故鄉。陳侯立身處事何等襟懷坦蕩，一副虬鬚虎眉寬額頭的豪邁狀。腹中藏有萬卷書，不願埋沒在山林中度此一生。在東門買酒請我們喝，心情舒坦認為萬事都像鴻毛一樣輕盈。喝醉了酣睡不知太陽已下山，有時又眺望天上孤雲。黃河波浪洶湧黑壓壓連著天，渡口上的官吏下令停船，無法過河。你這鄭國游子無法回家，而我這洛陽行子則空自嘆息。聽說你在故鄉有很多舊相識，不知你罷官心境如何？

唐代詩人李頎醉心於煉丹求仙，與王維、高適、王昌齡等著名詩人皆有來往，詩名頗高。但仕途並不通暢，無心為官，經常住在寺院郊外。這首詩大約寫於陳章甫罷官懷鄉之時，李頎送他到渡口，以詩贈別。

李頎送別詩向以善於描寫人物見長。因此，詩人描寫了陳章甫胸懷磊落、豪爽不羈的性格，栩栩生動。同時，詩人也試探的詢問陳章甫回鄉後的情形，關切之情溢於言表。雖為送別詩，卻沒有失落之哀，別具一格。尤其是「心輕萬事皆鴻毛」一句，更令人神馳。

在紅塵中，糾結身心的諸般事務多如繁星，若無法看淡各種欲望，大概很難保持清靜豁達的心態。尤其是當一個人心焦煩惱之際，往往容易把眼前的蠅頭小利看得極為重要，自然容易心浮氣躁，忘卻胸懷開闊才是人生真正的嚮往啊。詩人李頎能把人間世種種事物看得比鴻毛還輕，真是一種灑脫，可也是一種襟度呵。

一旦領略「心輕萬事皆鴻毛」的心輕之境，浮躁的心靈便能輕如鴻毛、飄然遠颺。

（原載《人間福報》第十四版〔縱橫古今〕，二〇一〇年二月一日）

彩雲易散琉璃脆

「彩雲易散琉璃脆」典出白居易〈簡簡吟〉：「蘇家小女名簡簡，芙蓉花腮柳葉眼。十一把鏡學點妝，十二抽鍼能繡裳。十三行坐事調品，不肯迷頭白地藏。玲瓏雲髻生花樣，飄颻風袖薔薇香。殊姿異態不可狀，忽忽轉動如有光。二月繁霜殺桃李，明年欲嫁今年死。丈人阿母勿悲啼，此女不是凡夫妻。恐是天仙謫人世，只合人間十三歲。大都好物不堅牢，彩雲易散琉璃脆。」

白居易此詩哀悼的對象是名喚蘇簡簡的女孩，年僅十三餘即香消玉隕，白居易在詩裡安慰她的父母不要悲啼，蘇簡簡並非凡人，恐怕是謫降凡間的天仙，只來人世短短一遭便需歸返。因此，白居易面對因愛女消亡的悲痛父母，乃發出「大都好物不堅牢，彩雲易散琉璃脆」這樣的感嘆。

白居易可說是情之所鍾者，具備悲天憫人的性格，其豐富的個人情感往往使他能夠認同較特別的人事物，如詩中所哀悼的小女孩。女孩的美好，在此詩的前面十句裡明確呈露，只可惜先父母而去。大抵夭亡者的生命雖極短暫，但多半能停留在最美好的階段裡供人憑弔，因此世人只能輕嘆美好的人事物往往不易常存啊。僅管如此，能留下美麗的形象為人記憶亦屬值得。如拜倫、雪萊、李賀、徐志摩、朱湘、林燿德等文人，他們的生命長度多半僅有二十至三十多年，遠不及許多人生命的一半長，然而其光華並不見得遜色。

只因白居易深刻地明瞭到，大抵世間人情中，以喪子喪女之痛遠大過於父母。只因年輕的生命正茁壯成長中，原應有一片光亮的未來，卻驟然消逝，頓使活者因內心衝擊過大而極度傷慟。相較之下，高齡父母之亡雖亦令人悲痛，然人們終究能理解並接受年邁的生命逐漸消亡的事實。近現代許多作品往往亦如是描述喪兒的傷痛，如李黎《晴天筆記》、余光中〈鬼雨〉、楊絳《我們仨》等。其中楊絳即借用了〈簡簡吟〉這兩句「大都好物不堅牢，彩雲易散琉璃脆」，以抒發其對愛女死亡之痛，因此寫來特別韻味深長，更能彰顯楊絳身為三口之家惟一活者的孤寂與無奈。

是以，「大都好物不堅牢，彩雲易散琉璃脆」由悼亡出發，如今多指所有美好的事物容易消逝，正如易散之彩雲與易脆之琉璃般，無法掌握。究其實，人世間能夠充分掌控的人事物，能有幾何？值得深思再三。

（原載《人間福報》第十四版〔縱橫古今〕，二〇一〇年四月二十六日）

人生七十古來稀

「人生七十古來稀」語出杜甫〈曲江〉二首之二：「朝回日日典春衣，每向江頭盡醉歸。酒債尋常行處有，人生七十古來稀。穿花蛺蝶深深見，點水蜻蜓款款飛。傳語風光共流轉，暫時相賞莫相違。」

寫作此詩的杜甫（七一二－七七〇），得年五十九，而唐人的平均年壽僅三、四十歲左右，相較之下杜甫並不算短壽。而杜甫也在詩中認為「人生七十古來稀」是件難得的事，因此〈曲江〉詩也有勸人宜及時行樂之意。

詩人如此寫道：每天上朝回來就去飲酒，沒錢花費時就典當冬春時節所穿的厚衣，每每總是江畔買酒喝，直到喝醉了才願意回來。雖然到處都欠下酒債，但那是尋常小事；而人能活到七十歲，自古以來一直都很稀少的啊。但見蝴蝶在花叢深處穿梭往復，蜻蜓也在水面款款而飛，不時輕點水面，煞是好看。真想傳話予春光，讓我與春光一起逗留罷，不要這麼快就拋棄我而離去啊。

由此詩的脈絡可知，杜甫對於理想失落的慨嘆多麼深刻。他一直想要達成「致君堯舜上」的理想，一旦有機會做諫官，便天天上奏皇帝提出忠告。然而朝中充滿種種複雜的人事鬥爭，使他不免生發事與願違的寥落之感。苦悶之餘，便獨自一人到曲江邊上喝酒消愁，面對曲江春色乃寫下〈曲江〉二首。就在他寫下這兩首詩之後不久，唐乾元元年（七五八年）五、六月間，他便和房琯、嚴武等人被貶而離開長安了。

由此，首二句典衣買醉的畫面明顯呈露了杜甫苦悶至極的情狀，「致君堯舜上」的理想顯然已不可實現。因此，杜甫才要發出「酒債尋常行處有，人生七十古來稀」這樣的浩嘆，苦到後來連衣服都沒得典當只好賒帳的窘境盡在其中矣。此時行年已四十七的杜甫有感人生苦短，要能活到七十高壽並不容易，因此生發及時行樂之必要的慨嘆。

而「穿花蛺蝶深深見，點水蜻蜓款款飛」以迄結尾兩句，一直便是名句。杜甫在無限春光裡，但見穿花蛺蝶與點水蜻蜓的美好姿態，彷彿也安慰著自己似的。只因春光苦短，乃亟思留住春天終將離去的腳步，可見杜甫對於被「拋擲」的感受多麼強烈，更可見杜甫對於「致君堯舜上」的理想敗落之感慨有多深了。

因此，將「人生七十古來稀」這一名言重新置回原詩中，可以發現杜甫原意為人生苦短，活到七十並非容易之事，乃有當下飲酒行樂之必要性。證諸真實人生的發展，杜甫果然亦未活到七十高壽，詩人的「先見之明」，良有以也。

（原載《人間福報》第十四版〔縱橫古今〕，二〇一〇年五月二十四日）

自緣身在最高層（原題名：不畏浮雲遮望眼）

「自緣身在最高層」，典出王安石〈登飛來峰〉：「飛來山上千尋塔，聞說雞鳴見日昇。不畏浮雲遮望眼，自緣身在最高層。」

詩人寫道，飛來峰上聳立著高大的寶塔，我聽聞雞叫時可以看見太陽升起。不怕會有浮雲遮住望遠的視線，只因人已站在山的最高峰了。

此詩為王安石三十歲時的作品。宋皇祐二年（一〇五〇年）夏，王安石在浙江鄞縣知縣任滿，回江西臨川故里時，途經江南登臨飛來峰寫下此詩。此詩乃王安石初涉宦海之作，年少氣盛的他氣概不凡，攀登飛來峰以抒發胸中塊壘、聊寄壯懷於一端。王安石在鄞縣就職時曾進行改革，他的積極任事，受到百姓歡迎，卻遭到守舊官吏的阻撓。但年輕氣盛的王安石不畏人言，敢於革新，〈登飛來峰〉便是這種豪情之反映，藉登高望遠以呈露他高瞻遠矚的襟懷。

詩首二句寫出飛來峰和千尋塔的樣貌。詩人登上飛來峰後，視野為之寬闊，胸襟為之廣大。登上千尋塔後，詩人聽聞雞鳴之際看見冉冉紅日升起。飛來峰已高陡險峻，在此高峰之上竟還有千尋寶塔，可見詩人位置之高。山已高、塔更高，所見之遠自不待言，頗有睥睨天下之姿。

雞鳴與日出本為日常生活習見之現象，但在古代詩歌中往往被添上神話色彩。李白〈夢游天姥吟留別〉詩中即有「半壁見海日，空中聞天雞。」這樣的詩句；在孟浩然的〈天台〉一詩中，更有「雞鳴見日出，常與仙人會。」如此美妙的奇想。熟讀詩文的王安石，登高遠眺之際，難免不想起許多古代關於海日天雞的故事，進而浮想連翩。

詩末二句，詩人登高望遠，卻不擔心視線為白雲所遮蔽，只因已置身高處。此二句深富哲理，乃宋詩「理趣」特色之典型呈現。其中「不畏浮雲遮望眼」是此詩的詩眼，更是千古名句。「浮雲」暗指姦佞小人，典出漢代陸賈《新語》：「邪臣蔽賢，猶浮雲之障白日也。」整句詩也化用了李白〈登金陵鳳凰臺〉：「總為浮雲能蔽日，長安不見使人愁。」之意而反用之。可見，「浮雲」喻為阻隔之物，意即小人瑣碎紛雜的閒言；「不畏」則是此詩的關鍵詞，表達了王安石堅定執著的態度——浮雲無法擾亂他的心志。「只緣身在最高層」更象徵了王安石對自我人生之高度期許。

整全詩既有登高的適意，王安石也以「身在最高層」，表彰個人不畏腳下「浮雲」

之意。詩人表彰了「不畏浮雲遮望眼」的姿態，可見其抱負之不凡。千百年後，依然鏗鏘有力。

（原載《人間福報》第十四版〔縱橫古今〕，二〇一〇年七月五日）

何須身後千載名

「何須身後千載名」語出李白〈行路難〉三首之三：「有耳莫洗潁川水，有口莫食首陽蕨。含光混世貴無名，何用孤高比雲月。吾觀自古賢達人，功成不退皆殞身。子胥既棄吳江上，屈原終投湘水濱。陸機才多（雄才）豈自保，李斯稅駕苦不早，華亭鶴唳詎可聞，上蔡蒼鷹何足道。君不見，吳中張翰稱（真）達士（生），秋風忽憶江東行。且樂生前一杯酒，何須身後千載名。」（節錄）

詩人寫道，看看古代那些高風亮節的前輩，我實在無意追尋他們的行迹，終南捷徑終非我輩所圖。許由（穎川水）、伯陽與叔齊（首陽蕨）都有崇高的風範，但大道無形、大音希聲，人貴無名；何須孤傲自標，以證明自己比世人更清高？我看歷史上那些功成名就而不懂得急流勇退的人，幾乎都無法全身全退。無論是伍子胥、屈原、陸機或是李斯等人都是明證啊。其中還是張季鷹（翰）最能看透人生真諦，不管它日後聲名如何，且讓我再盡一杯酒吧！

唐天寶元年（七四二），李白奉詔入京，擔任翰林供奉。李白本是積極入世之人，才高志大，一心嚮慕管仲、張良與諸葛亮等傑出人物。惜入京後，卻未被唐玄宗重用，並受權臣排擠，兩年後以「賜金放還」被逼出長安城。〈行路難〉三首系作詩作即作於唐天寶三年（七四四），李白初離朝廷之際。求仕無望的李白，深感世道艱難，滿腹憤懣與迷惘、困惑等心情交織一處。因此詩裡便以行路艱難比喻世路之艱難，抒發不平之感和繼續追求理想的願望，對前途仍舊樂觀豪邁。

此篇為第三首，只言退意。全篇首四句言人生須含光混世，不務虛名，方得全身而退。中八句則列舉歷來許多功成而身不退並殞身者之例，以做為務求功名、戀棧權位者之警誡。並稱許張翰因思蓴鱸之美味率爾辭官之事，對其唯求適意的人生態度極為讚賞。最後，詩人以及時行樂（飲酒）慰藉自己，人生貴自適，無須身後千載之虛名。

因此，李白臨去長安之際，面對諸位送行親友的盛情，想必不僅思及此行去路之艱難，更對世態炎涼有了全新的體會。其實，李白雖言虛名無益，但仍不否定事功。只是他強調了功成必須及時身退的道理，一為避禍保全，二求適意自由，這是李白由世道艱難中所習得的人生哲學。此說亦與老莊哲學中的若干道理相通，惟其親歷世道艱險後，乃能深刻體會所謂「至人無己，神人無功，聖人無名」之真諦，消遙遊之境界不遠矣。

（原載《人間福報》第十四版〔縱橫古今〕，二〇一〇年七月十二日）

世事如棋局局新

「世事如棋局局新」語出宋代詩僧志文〈西閣〉：「楊柳蒹葭覆水濱，徘徊南望倚闌頻。年光似鳥翩翩過，世事如棋局局新。嵐積遠山秋氣象，月升高閣夜精神。驚飛一陣鳧鷖起，蓮葉舟中把釣人。」

詩人寫道，遊覽西湖，但見楊柳與蘆葦等植滿湖濱，我在孤山一帶流連盤桓，不斷地向南眺望廣闊的西湖美景。然時光飛逝，似鳥一般翩飛而去；而世事正如棋局般千變萬化，從古至今還沒有兩盤完全相同的棋。再看霧氣積在遠遠的山頭，正顯出一派秋天的氣象；月亮高掛在高閣之上，使黑夜更顯得有精神。而浮蕩在水面的小舟裡，一位垂釣人驚飛了湖面上的野鴨與水鷗等水鳥，好一幅美景。

僧志文，北宋末南宋初人，為杭州西湖之詩僧。其生卒年、俗姓籍貫與履歷皆不詳。僧志文能詩，詩風雋永，風韻清雅，在當時即為有名詩人。如今雖不為多數人所識，然而他這首〈西閣〉詩卻極為知名，尤其是第二聯「年光似鳥翩翩過，世事如棋局局新」早已成為傳世名句，亦可說是人以詩而名於後世的佳例。

僧志文詩題「西閣」，然而此詩並非寫西閣，而是「登西閣」或「西閣遠眺」，寫的是僧志文登臨西閣眺望西湖及湖邊群山之事。詩題之「西閣」指的是位於西湖孤山的一座古樓閣，履經興廢，現為浙江省圖書館古籍善本部之藏書樓。

此詩寫得優雅迷人，有從容大度之美。其中第一、三、四聯純寫景，極有層次的由近處的湖濱向遠處眺望，再由低處的高閣望向高處的月色，更由湖邊草木美景望向湖心之垂釣情景，層層遞進地寫出詩人賞玩西湖之佳趣。其中第二聯最具妙趣，以大自然的鳥兒翩飛譬喻年光易逝，並極其巧妙地將之與世事多變化之慨嘆綰結在一處，是以「年光似鳥翩翩過，世事如棋局局新」遂成為此詩中的警句，此詩也因此而更具有宋詩特有的「理趣」特質了。

因此，由「年光似鳥翩翩過，世事如棋局局新」可知，僧志文對於人世之洞澈已到如何清明之境地。此亦正如杜甫〈秋興八首〉之四的兩句：「聞道長安似弈棋，百年世事不勝悲」一般，杜甫以棋局喻世事，藉此感傷時事，僧志文後來也使用棋局喻世事，正是同樣以圍棋之變幻莫測譬喻世事之複雜。由此亦可知，何以「世事如棋局局新」能夠啟人共鳴並流傳至今的道理了。

（原載《人間福報》第十四版〈縱橫古今〉，二〇一〇年十月十一日）

物換星移幾度秋

「物換星移幾度秋」語出唐代王勃〈滕王閣詩〉：「滕王高閣臨江渚，佩玉鳴鸞罷歌舞。畫棟朝飛南浦雲，珠廉暮捲西山雨。閒雲潭影日悠悠，物換星移幾度秋。閣中帝子今何在，檻外長江空自流。」

詩人寫道，高大的滕王閣倚靠著江邊，當年滕王建閣時佩玉與鸞鈴共響的笙歌曼舞早已遠去了。如今，清晨時南浦之雲會寂寞的飛進滕王閣的雕梁畫棟中；黃昏時分，有時也會有西山細雨悄悄灑進珠簾內。清澈的潭水映照著閒雲，長日悠悠不盡。在四季風物與天體不斷的更替之中，又不知已過了多少春秋。然而當年建造了這座富麗樓閣的滕王，如今又在那裡呢？可見榮華富貴轉眼成空，只有欄杆外的江水，依舊無聲奔流著，對照著人世的無常。

初唐詩人王勃（六五〇－六七六），得年僅二十七歲。王勃自幼飽讀詩書，被譽為「神童」。據說王勃在趕往海南探望任交趾縣令的父親時，途經洪州（今江西南昌），參與了閻都督舉辦的宴會，即席寫下被譽為千古絕唱的〈滕王閣序〉，序末並附這首

〈滕王閣詩〉。趕赴盛會的王勃，當場一揮而就，閻都督在場聽到王勃〈滕王閣序〉的「落霞與孤鶩齊飛，秋水共長天一色」時，不禁拍案叫絕：「此子落筆有如神助，真乃罕世奇才也！」，當閻公看到王勃又運筆寫就〈滕王閣詩〉時，心中更是大喜，可見此詩之佳妙。

〈滕王閣詩〉附於〈滕王閣序〉之後，往往被淹沒在序文的光芒裡。然而，在歷代吟詠滕王閣的詩歌中，王勃此詩可謂上乘之作，其凝練之美，境界之大，實可與〈滕王閣序〉媲美。而此詩中的「物換星移幾度秋」亦隨之成為流傳千古的名句。

詩首句即明白點題，「臨」字特寫了滕王閣居高臨下之態勢，此由空間入手。接著第二句由歷史（時間）著筆，由當下的盛會遙想當年興建此閣的滕王，乘坐著鸞鈴馬車，來到閣上舉行豪華盛宴，詩人不禁興發今昔盛衰的無常感。接著第三、四句則細部描繪滕王閣之美，並南浦之雲飛上畫棟以及珠簾捲入西山雨的畫面，呈現滕王閣的高遠氣勢，以及如今的落寞。

因此，第五句「閒雲潭影日悠悠」，便由空間轉入時間，寫出了滕王閣如今冷落寂寞的情景，並突顯了時光悠悠之感。第六句則將此「物換星移」年復一年的感慨，深刻寄託於其中，因之成為千古名言。

最後兩句，詩人提出建閣之滕王如今安在哉的疑問，乃進一步抒發其對衰榮無定數的永恆慨嘆。末句「空」字正是此詩之眼，問世間永恆為何物？直教人慨嘆終生不止，難怪詩仙李白也有類此「唯見長江天際流」的空茫之感了。

（原載《人間福報》第十四版〈縱橫古今〉，二〇一〇年十月十八日）

柳暗花明又一村

「柳暗花明又一村」語出陸游〈遊山西村〉：「莫笑農家臘酒渾，豐年留客足雞豚。山重水複疑無路，柳暗花明又一村。簫鼓追隨春社近，衣冠簡樸古風存。從今若許閑乘月，拄杖無時夜叩門。」

詩人說道，你們不要取笑農家臘月裡釀造的酒太過渾濁，其實他們在豐收年歲裡招待客人，有的是豐盛佳餚呢。且看此地一重又一重山巒，一道又一道溪流，彷彿前方已無路了；但眼前卻見柳枝茂密，繁花盛放，又是一座人煙聚集的山村了。近前一探，耳邊傳來簫鼓之聲，許是春社將近；但見村民衣帽之簡單素樸，頗具古風。從今而後，若允許我得空趁月來訪，我一定會持杖隨時來敲你家大門的。

南宋詩人陸游（一一二五－一二一〇），號放翁，山陰（今浙江省紹興市）人。宋孝宗即位，賜陸游進士出身。後被彈劾去職，歸老山陰故鄉。此詩即陸游於宋孝宗（一一六六）年間，因極力支援抗戰派北伐，橫遭投降派之排擠，罷官歸鄉居於山陰三山村時所作（一一六七）。其中「山重水複疑無路，柳暗花明又一村」成為流傳後世的名句。

此詩作於初春，記錄了一次美好的鄰村之遊，呈現的是山陰農村的美麗風光、熱鬧的節日氣氛，以及農家之純樸好客。

詩首二句說道，「莫笑農家臘酒渾，豐年留客足雞豚」，點明出遊之時令，以及村民之熱情接待。村民以佳餚款待詩人，共話桑麻長。詩人以山村人民之好客，對比了前此官場中人的險惡，詩人自然感觸良深。

次聯二句「山重水複疑無路，柳暗花明又一村」則是此詩最知名的佳句了。「山重水複」所呈現的是山巒重疊以及水流繁複之窮途面貌，「柳暗花明」則聚焦於柳色濃綠與紅花明艷之令人驚豔。詩人走著走著，心中正疑惑前方是否已無路可走，無意間抬頭一望，竟被一處柳蔭花樹所圍繞之村莊所吸引，既驚又喜。其中所呈露之理趣，耐人尋味。其後，人們往往藉此以描繪陷入困境忽又絕處逢生的轉折之喜，並用以譬喻生命之種種否極泰來的喜悅。

而村中情景又如何？第三、四聯寫出了詩人在村中之所見所聞，以及詩人自己的內心世界。如果可以的話，詩人非常願意今後在家閒居時，還能趁月出遊，至農家作客。

是以，「山重水複疑無路，柳暗花明又一村」，啟示人們生命路途之無限可能。看似無路可走，往往意味著巨大的驚喜蘊藏其中。只要心意坦然自適，自能勘破「柳暗花明又一村」的喜樂，何等迷人。

（原載《人間福報》第十四版〈縱橫古今〉，二〇一〇年十一月八日）

萬事隨緣無所為

「萬事隨緣無所為」語出辛棄疾〈書停雲壁〉：「萬事隨緣無所為，萬法皆空無所思。惟有一條生死路，古今來往更何疑。」

詩人說道，萬事皆隨順因緣而定，實在無需太多刻意的作為；了悟世事變化都是暫時的空相，更是無需用力作為。人生就只有一條通往生死的道路，古往今來所有人物都這樣經歷過，無需太多懷疑。

辛棄疾一生曾有長達十八年的閒居生活，做為一名身懷抱負的讀書人，他是力主奮勇抗敵的。然而，時運不濟，明主見棄，再有天大的理想亦屬枉然。閒居鄉間的他，寫下許多豪放之外的溫婉詩詞。辛棄疾的詞作雖較詩作知名，但其詩佳作亦多，尤其是他一系列呈露佛家思想的詩作，值得細細品味。這首〈書停雲壁〉便是深具佛法因緣之作。

詩人所謂隨緣，是說一切萬有皆為因緣所生，緣生則聚，緣滅則散，緣起緣滅之間，如斯自在，來去自如，因此無需掛礙。同樣地，一切有為法，都是做作的。

「空」不是一般意義上的「空白」或「沒有」之意，它應該是指一種變化過程，是無到有、再從有到無之間，不斷在變化的過程。而每一回的變化都顯現它不同的形貌。因此，了悟「萬物隨緣」與「諸法皆空」的深義，便能自由自在、無所掛礙。詩中出現的兩個「無」字，也是同樣的道理。「無」不是一般意義上的「空白」或「沒有」之意，它指的是「不要刻意作為」之意，因此「無所為」與「無所思」都是指向不要刻意在某件事物上執著之意，並非什麼作為都不要之意。過猶不及，皆不合中道。

因此，詩人才說道「惟有一條生死路」。人生這條道路，一頭由生而來，另一頭則通向死亡。在生與死這條路上，所有人皆行走其上，並努力成為一個人，粹練一個永遠如新的人格。然而，如何能夠不掛礙、不執著，卻是所有人一生都要面對的修行。

是以，經由辛棄疾此詩的提示，我們發現，萬事與諸法皆為隨緣來去的空相，就如同每一天雖然都是新的一天，但每一天也都會過去；究竟那一天才是真的、永恆的？其實每一天都是暫時的。我們每天所看到的事物，都是因緣暫時和合之相。既如此，則不是恆常不變之相，也就是空相了。

面對大千世界中的種種空相，不是要人們不努力修為，而是提醒人們自在自由地活著，才是最符合生命真義的生活方式。

（原載《人間福報》第十四版〔縱橫古今〕，二〇一〇年十二月二十七日）

人間無處不春台

「人間無處不春台」語出辛棄疾〈即事〉：「野人日日獻花來，只倩渠儂取意栽。高下參差無次序，要令不似俗亭台。百憂常與事俱來，莫把胸中荊棘栽。但只熙熙閒過日，人間無處不春台。」

詩人說道，每天都有村人獻花來，我請朋友（他）們隨意栽種。必須種得高低不齊、錯落有致才好，不要顯出一般亭台的俗氣才是。各種煩憂經常伴隨著諸多事情而來，千萬不要在自己的胸中種下太多荊棘。但只要懂得溫和歡樂地過日子，人間到處都是美好幸福的太平世界呢。

辛棄疾這首〈即事〉詩，其實亦可視為兩首詩的組合。詩中寫盡詩人面對當前事物的即興之感，全詩充滿濃厚的悠閒情調，更似有勘破人生的味道。前一首詩裡所述及的美好情境全是一派悠然，有人送花來，我也就隨意轉請他人栽種，一同分享這種美好的自然之物，但仍記得提醒友人，種花要懂得高下錯落之美，千萬不要像一般亭台那般齊整地栽花，反而流於俗氣。由此已可知，辛棄疾對於人生的看法已臻成熟，隨緣隨性，自在自由。由此又引出下一詩裡的感悟。

後一首〈即事〉詩裡，詩人認為人有百憂，常因外在事務而來，因此懂得化解煩憂，不往胸中栽種荊棘，而種下美好的花朵，人生必然可以溫和歡樂的過日子，到處都是最美好的境地。正如《老子》第二十章所言：「眾人熙熙，如享太牢，如登春台。」一般，所謂「太牢」原指古代帝王祭祀所使用之祭品牛羊豬等牲禮，「享太牢」即為百姓享受恩典，君王與民同樂之意。「春台」則是美好的旅遊勝地，常引申為美好幸福的樂土，「登春台」自然是指「達到美好幸福的境地」之意。如此一來，人無憂無慮，便無災無難，非但胸中太平，天下亦佳美至無可如何之境，該有多好！由此看來，一生積極任事的辛棄疾，也不免有他豁達的一面，想來這也是他即興所感之切吧。

因此，第二首詩「百憂常與事俱來，莫把胸中荊棘栽。但只熙熙閒過日，人間無處不春台」道盡人間無數煩憂的根本原由，大多是人們自己找來的，只要懂得熙熙閒過日的自在，人間確實處處美好幸福，放眼皆是良辰美景，果然「人間無處不春台」呢！

（原載《人間福報》第十四版〔縱橫古今〕，二〇一一年一月三日）

禍福無非自己求

「禍福無非自己求」語出辛棄疾〈丙寅歲，山間競傳諸將有下棘寺者〉：「去年騎鶴上揚州，意氣平吞萬戶侯。誰使匈奴來塞上，卻從廷尉望山頭。榮華大抵有時歇，禍福無非自己求。記取山西千古恨，李陵門下至今羞。」

詩人說道，去年我曾經發出極為不切實際的夢想，如騎仙鶴上揚州做官一般的癡妄；並且意氣一發便能鎮服統治階級。是誰讓匈奴來到塞上，我雖有意抗敵，卻因故只能辭免朝廷徵召而泣望雄據山頭的外敵啊。榮華富貴大致有其停歇之時，禍福也無非是自己求來的。大家應該都能記得千年前山西的一場遺恨，那就是漢代李陵降匈奴的憾事啊，至今仍令他的門下蒙羞呢。

辛棄疾此詩，寫於宋寧宗開禧二年丙寅年（一二〇五），這年辛棄疾六十七歲，距離他辭世僅一年。辛棄疾出生時，山東已為金兵所佔，二十一歲即參與抗金義軍，一生堅決抗金。但他所提之抗金建議，均未被採納，並迭遭主和派打壓，很長一段時間閒居江西上饒鉛山一帶。晚年一度被朝廷起用，開禧元年，六十六歲的辛棄疾被調任隆興

（江西南昌）知府，未到任，因諫官彈劾，新令撤回；他懷著滿腔憂憤返回鉛山。第二年，六十七歲的辛棄疾又被起用為浙東安撫使，但他上疏辭免。當年五月，朝廷正式發布伐金令，各路軍隊接連潰敗。十二月，辛棄疾派知江陵府（湖北荊州），未就任。南宋向金求和，朝廷又徵召辛棄疾到杭州奏陳他對時局的看法，擬授兵部侍郎予辛棄疾，但他一再力辭，終至不肯再出山，不久病卒。這首詩便寫在病卒前這短暫被起用的一年裡。

由此可知，辛棄疾此詩中蘊藏的憂憤如何之深切。詩人對於自己未有機會抗金，僅能閒居上饒鉛山，既焦急又悲憤。他在詩中引述了兩位古代將軍的典故，一是東晉將軍蘇峻不聽朝廷徵召的故事，一是漢代李陵降匈奴之事。蘇峻疑心庾亮欲謀害自己，勒兵自守。朝廷遣使諷諭，蘇峻說道：「我寧可在山頭（盤據地）遙望朝廷（刑獄），也不能在朝廷（刑獄）泣望山頭（盤據地）」，乃作亂。後世便以「山頭廷尉」指稱「不聽徵召之人」。後者是漢代李陵降匈奴之事，不只牽連司馬遷遭腐刑，其門下至今依然抬不起頭來。以上兩項歷史殷鑑，皆投射了辛棄疾由衷的淑世心聲。

是以，行至暮年的辛棄疾在此家國外患內憂之際，只能束手。對他而言「榮華大抵有時歇，禍福無非自己求」，不只是對朝廷的感慨與期許，也是他對人生所下的註腳吧。榮華富貴確有隨時消亡之時，而人間禍福更往往自己招惹而來的。閒居上饒鉛山的辛棄疾，應已是看穿了人生得失榮辱之內蘊，自然發出如此深婉之言吧。

（原載《人間福報》第十四版〔縱橫古今〕，二〇一一年一月十日）

萬事推移本偶然

「萬事推移本偶然」語出辛棄疾〈和趙直中提干韻〉：「萬事推移本偶然，無虧何處更求全。折腰曾愧五斗米，負郭元無三頃田。城礙夕陽宜杖屨，山供醉眼費雲煙。怪君不顧笙歌誤，政擬新詩去鳥邊。」

詩人說道，萬事推移變化全憑機遇，有全便有虧。有愧於曾為五斗米折腰，無奈近郊並無良田可糊口。但生活自在，可趁夕陽西下時持杖散步，正宜飲酒看山。無怪你不注意歌舞表演，原來是專心在寫詩呢。

詩人辛棄疾一生力主抗金卻不遇多時，長期閒居的歲月裡，使他得以粹練詩思，常於詩中抒發議論式的哲思。一般言之，辛詩有時仿效「邵康節體」。邵康節即邵雍，乃北宋知名理學家；邵氏慣於以詩明道，較不重修辭，詩風較淺近。辛詩受其影響，不時以詩論道談禪，頗含思致，發人深思。此詩便是辛詩中融合了人生體驗及感受的一首哲理詩。

辛棄疾在詩中表達了他對世事的看法。凡事常憑機遇偶發而成，有全自有虧，若無任何不完美，何來完美。想到自己大半生的堅持，雖不願為五斗米而折腰，但可奈亦無良田（負郭田）可供糊口。儘管如此，生活之悠遊自在仍隨時可得，可趁夕陽西斜時散散步，此時正宜於飲酒賦詩、遊目群山呢。不要怪我不注意身邊曼妙的歌舞，因為我正專心寫詩，一心向著大自然的飛鳥而去呢。由此可知，辛棄疾在詩中所呈露的悠遊自在，何等適意。

此詩記錄了詩人歷經升沉頓挫而趨於超曠的心境，寄寓了因緣自適、隨遇而安的襟懷，展現了詩人對人生的通透反思。正如辛棄疾在詞作〈西江月〉裡所說的：「萬事雲煙忽過，百年蒲柳先衰。而今何事最相宜？宜醉宜遊宜睡。早趁催科了納，更量出入收支。乃翁依舊管些兒，管竹管山管水。」詞中所描述的情境與此詩相似，一樣是「萬事雲煙忽過」，生活亦悠遊自在，量入為出即可。生活中何事最宜於在意？辛棄疾自言「管竹管山管水」，何等輕鬆愜意的自在人生！

是以，「萬事推移本偶然，無虧何處更求全」在此寄寓了辛棄疾對人生萬事的感受，萬事萬物之變化多憑機緣之和合，全與虧是事相的本質，有全有虧更是不變的常態，無所虧何來相應之全？看似不遇的賦閒生活，實則大有所為——大量詩詞因此而誕生，並流傳千古，難道不是另一種完滿？可見全與虧並無定數，亦全憑機遇。

（原載《人間福報》第十四版〔縱橫古今〕，二〇一一年一月十七日）

萬事有為應有盡

「萬事有為應有盡」語出辛棄疾〈重午日戲書〉：「青山呑吐古今月，綠樹低昂朝暮風。萬事有為應有盡，此身無我自無窮。」

詩人說道，遠處青山遮蔽了明月，從古至今皆如此；而近處的綠樹則隨風起伏，從早到晚不停歇。面對如此雄渾的自然之景，往往使我們領悟，萬事若刻意作為，往往會有極端的結果；若能達到此身忘我的境界，自然便可體會人生無窮之美了。

辛棄疾在此詩裡，一樣以禪佛說人生世情，尤其是在他閒居近二十年的歲月裡，留下不少此類詩作，引人深思。雖然入世之路坎坷，卻意外成就龐沛的創作能量，使文學史多了一名大文學家，而非只是一名英雄。

辛棄疾此詩對人生的體悟，從大自然說起，回歸到自我身上，思考無我（忘我）的意義。情景與自我的感悟充分融合，雖然仍不免一絲鬱怒之情，終究能夠回返自身存在意義的觀照上頭，進行深刻的思索。

其中，「有為」以佛教教義而言，指的是「有為法」。如《景德傳燈錄‧鳩摩羅多》：「汝若入此法門可與諸佛同矣。一切善惡，有為無為，皆如夢幻。」因此，「有為」指的是因緣和合而生的一切事物。據此，一切因緣造作之法，叫做「有為法」；無因緣造作之法，就是「無為法」。若依道家的話語而言，「有為」是刻意作為，既刻意有所作為，便得承受不盡如人意之情狀。因此，「有為」的同時，往往容易為事物或現象之本質所蒙蔽，因此招來極端的結果，是不難想像的。

而「無我」原為佛教教義，也稱「非我」或「非身」。佛教依據「緣起性空」之理，認為世上所有事物皆無獨立而實在的自體，亦即並無一恆常主宰的「自我」之存在，這也就是辛棄疾所謂「此身無我」的真義。因此，一切事物都是由種種因緣和合而生的，不斷變遷，並無恆常之主宰者。是以，一切事物和現象，其本性皆為空相（假象），此即所謂「性空」。既如此，則「此身無我」便能超越一切空相，心靈乃能達到無窮無盡之自由廣闊之境。至此，則與莊子所言之「忘我」相近，惟其忘我，則栩栩然如蝶與我之相忘，乃能極度自由。

是以，「萬事有為應有盡，此身無我自無窮」的境界，其最佳註腳便是「莊生曉夢迷蝴蝶」（李商隱〈錦瑟〉）的物我兩忘之境了。

（原載《人間福報》第十四版〔縱橫古今〕，二〇一一年一月二十四日）

何用浮名絆此身

「何用浮名絆此身」語出杜甫〈曲江〉二首之一：「一片花飛減卻春，風飄萬點正愁人。且看欲盡花經眼，莫厭傷多酒入脣。江上小堂巢翡翠，苑邊高塚臥麒麟。細推物理須行樂，何用浮名絆此身。」

詩人說道，一片花瓣落下，春色已減卻幾分；如今，風又把成千上萬的花瓣吹落，怎不令人愁悶？看著凋零殆盡的落花從眼前一一飄過，不要再傷感了，還是開懷地喝吧。翡翠鳥兒在曲江的堂檐上築巢，原本雄踞在此的石麒麟現在也已倒地了。仔細推究事物興衰變遷的道理，真該及時行樂，何必再讓虛名束縛自己？

唐代「曲江」，位於長安城東南。唐玄宗開元年間，疏竣此地湖泊後，湖中種著大片荷花，沿岸構建許多樓閣亭台，是春季遊宴的佳處。皇帝往往在此大宴群臣，歌舞昇平。然而，憂國憂民的杜甫，在這兩首〈曲江〉中並未呈露曲江的盛世繁華。此時正是家國煩擾之際，安史之亂剛剛平定。同時，在唐肅宗至德二年（七五七）被授予「左拾遺」（諫議大夫）的杜甫，卻在任上因營救房琯而觸怒了肅宗，從此為肅宗所疏遠。這首詩便寫於次年，即唐肅宗乾元元年（七五八）暮春。身為諫議官，意見卻與在位者相左；一直努力「致君堯舜上」的杜甫，重遊長安曲江時，可以想見其心緒之黯然。

杜甫在長安蹉跎十年，親眼見證戰亂與官場的種種摧迫，使他遍嘗人生的諸種辛酸。因此，詩一開始便寫到他在曲江看花，卻別有懷抱。「花飛」與「減卻春」所營造的氛圍是春天將盡的落寞。「風飄萬點」與「正愁人」更是將漫天落花隨風飛舞的景象鋪展開來，以引起愁思。接著，「且看欲盡花經眼」更是眼睜睜地看著枝頭殘花，一片片地隨風完全凋零殆盡。因此，應該是良辰美景的賞心樂事，卻呈現了「無可奈何花落去」的傷春惜春之情。

杜甫藉由曲江落花將盡的情景，點染了胸中的紛雜思緒，其托物言志之姿，可以想見。尤其是以前三句連寫落花，一而再再而三，極盡反覆曲折之妙，令人魂消欲絕。對照下文所寫的鳥兒築窩與石麒麟倒地的衰敗情景，可見曲江的繁華盛景，早已隨安史之亂而煙雲消散了。觸景傷情，尤其令人斷魂。

因此，詩人乃轉而生發「細推物理須行樂，何用浮名絆此身？」的感慨。如果世間萬物的生滅變化，也不過就是這樣而已，那就及時行樂吧，何需浮名牽絆自己？然而，儘管說「須行樂」，其實杜甫胸中仍激盪著難以言傳的苦痛。但「何用浮名絆此身？」的念頭，足以看出杜甫在儒家兼善天下不可得之餘的超脫之道。

（原載《人間福報》第十四版〔縱橫古今〕，二〇一一年四月四日）

方便風開智慧花

「方便風開智慧花」語出白居易〈僧院花〉：「欲悟色空為佛事，故栽芳樹在佛家；細看便是華嚴偈，方便風開智慧花。」

詩人說道，想要領悟色空的道理，便在寺院裡栽種花樹。如果純由花樹的外表去賞花，眼前所見的花容確實嬌豔動人；若以智慧的眼光去觀照花樹之色相，便能由花樹領悟「色即空、空即色」的真理了。

身為唐代大詩人的白居易，仕途亦曾困蹇，杭州西湖的白堤便是最好的明證。因此可以想見他對於禪佛之理的體悟，必與此有關。在這首詩中，白居易透過賞花以悟「色即是空、空即是色」之理，感悟良深。此工夫約與時尚的生活禪類似，在生活中體悟佛法，在生活中證悟佛理。因此，在此詩中，白居易藉由賞花表達其對人生的體悟，便是一種生活禪的體現。

詩中所提及之華嚴偈，並非僅指《華嚴經》之偈句，而是廣泛指涉所有能使人開悟的經偈。而「方便」一詞更是佛家常用之語，指的是使人開悟而進入禪佛之境的方法與途徑。詩人通過花開花落此一自然現象，感悟了宇宙的真實面貌，生生滅滅，永在循環不息中。通過對花的觀察，充分說明了嬌豔花容這一色相，乃因緣而生、因緣而滅的道理。

據此，則花開花謝正是「緣起性空」之理的最好說明。對於一位擁有覺悟心靈的人而言，一沙一世界，一花一天堂，無一不是修行的所在。唯有透過外物以觀照自我心念之種種苦、空與無常之相，才能「放下」對「自我」的執著，進而以「同體大悲」之清明智慧，看透世界。這就是白居易此詩所寄寓的深義了。

是以，通過花兒之盛開與萎謝，足以擴大理解至人生之聚散、成敗之起落等等現象之必然。我們必然為之欣喜、為之淚流。然而，藉著佛陀的引領，我們開始找到解脫的可能，由花開花謝啟程，透視一切萬有現象背後之無常與無我，便能逐漸觀照自我的心念。最後，乃能了悟一切法無常，而白居易想要做的便是一名真正自在的賞花人而已。

因此，「方便風開智慧花」正說明了智慧之花出自生活之可貴。原來，禪佛之理極深亦極淺。極深的是它深奧的義理；極淺的是深奧義理往往由極平淺的生活之理證成。賞花，便是極平淺生活中的一大樂事。

（原載《人間福報》第十四版〔縱橫古今〕，二〇一一年五月十六日）

溪聲便是廣長舌

「溪聲便是廣長舌」語出蘇軾〈贈東林總長老〉：「溪聲便是廣長舌，山色豈非清淨身？夜來八萬四千偈，他日如何舉似人！」

詩人說道，潺潺溪水聲，便如同佛陀的廣長舌，徹夜不停地宣講佛法；而寂靜的山巒，不正是佛陀的清淨法身？夜裡傳來的溪水聲，亦彷佛宣講著千千萬萬首禪偈；如此美好的體驗，今後我將要如何才能與他人分享？

蘇軾（一〇三七－一一〇一）的佛學修養其來有自，其父蘇洵即對佛教涉足頗深，其母亦篤信佛教。其後，隨著自己宦海沉浮，遍嘗世情冷暖，看透了人生的蘇軾，也逐漸對談禪學佛產生了興趣。特別是元豐年間，蘇軾因「烏台詩案」從湖州太守被貶至黃州團練副使。幾度遭貶，雖死裡逃生，但心靈受到極大震撼，乃開始思考生命的真義，乃逐漸歸誠佛僧。

宋元豐七年（一〇八四）又被貶至汝州，時年四十九歲的蘇軾於四月離黃州，途經廬山一遊，曾到東林寺謁見並贈詩於常總禪師。見到四年前曾造訪的東林寺已恢復舊貌，心裡高興，便在東林寺住下，並與主持常總禪師就「無情」二字徹夜常談。次日一早便呈上一偈，便是這首〈贈東林總長老〉。

這首讚美東林寺與佛音、佛身的美妙詩歌，其中的「廣長舌」便是如來「法相」之一，「清淨身」則是佛的「法身」——清淨無相之身。如此譬喻佛音、佛身被譽為古今絕唱。而喜歡禪修的蘇軾，在他對禪境的悟入中，感受到了夜晚東林寺外淙淙溪水聲的美妙，彷彿便是佛陀廣長舌講經說法的法音啊。而蒼鬱的山色則似幻化為佛陀的清淨本身呢。意即這些「無情」（無生命的事物）也都具有佛性；而無情與有情，往往只是假象而已。體悟至此美妙境界的蘇軾，不只獨享，更希望能夠與人分享。至此，蘇軾已體悟到世俗的溪聲、山色，原來全都是佛陀清淨法音和法身的體現，可見其體悟之深。

在蘇軾的思想中，既有儒家的樂天知命，也有道家的曠達無為與佛家的清淨無我。然而，蘇軾對佛家的體會極深刻，只有真正徹悟佛陀真理者，才能由一切事相上洞見人生。無論何種聲音，只要用心觀照，有所覺悟，無一不是佛陀的法音。無論何種色相，亦無一不是佛陀的法身。

原來，懂得觀照世俗一切色相，便是佛法。這首詩強調的便是生活中觸處皆禪的道理，禪在生活中，隨處可聞，隨時可修。若能說與他人分享，更見佳妙。

（原載《人間福報》第十四版〔縱橫古今〕，二〇一一年六月二十日）

朝鐘暮鼓不到耳

「朝鐘暮鼓不到耳」語出李咸用〈山中〉：「一簇煙霞榮辱外，秋山留得傍簷楹。朝鐘暮鼓不到耳，明月孤雲長挂情。世上路岐何繚繞，水邊蓑笠稱平生。尋思阮籍當時意，豈是途窮泣利名。」

詩人說道，居住山中的我早已置身於京城的榮辱與紅塵的繁華之外，這裡只有秋山和茅簷相伴。佛寺中早晚的鐘聲與鼓聲皆無法傳入我的耳中，只能望見明月和孤雲高掛長空。人世間的事物複雜萬端，遠不如河邊人們可以平淡的度過一生。想及當年阮籍的窮途之哭，難道他只是因為仕途困頓而悲哀？

唐代詩人李咸用（約西元八七三年前後在世），字號、里籍與生卒年均不詳。工詩，著有《披沙集》六卷與《文獻通考》傳世。李咸用一生，據知屢試不第。這首〈山中〉詩或許即因此有感而發，詩中「朝鐘暮鼓不到耳，明月孤雲長挂情」兩句為傳世佳句，並已轉化為成語「暮鼓晨鐘」而廣為人知。

此詩第一、二聯述寫的是山中生活的面貌，景中寓情。早已置身紅塵俗世之外的詩人，日日面對秋山、明月與孤雲，日子何其愜意。尤其重要的是，詩人對山中佛寺的朝鐘與暮鼓「聽而不聞」，聲聲皆不入耳，意指外在的一切皆已無法擾動詩人的內心世界於萬一。詩人想表達的是已然遠離塵囂的淡泊之意，充分反映他在仕途上的不順遂。

後來由此轉化的成語「暮鼓晨鐘」，除了指出晨鐘暮鼓為寺廟朝夕報時或傳達訊息之聲外，也指一日時光，或借此比喻使人警醒或覺悟的力量。杜甫〈遊龍門奉天寺〉即有「欲覺聞晨鐘，令人發深省」的名句，即有感於寺廟之晨鐘暮鼓確有激盪人心之效。

第三、四聯則以寫情為主，「世上路岐何繚繞」的慨嘆，對照「水邊簑笠稱平生」的愜意，可見詩人之心境。而「尋思阮籍當時意，豈是途窮泣利名」更點出詩人內心最深沉的痛。詩人由自己的處境，想及阮籍當年窮途之哭，必然不只是仕途困頓之悲，而是觸及千古文人皆有之痛。《晉書・阮籍傳》指出阮籍「時率意獨駕，不由徑路。車跡所窮，輒慟哭而反。」阮籍之不拘禮俗與行不由徑的任真自得，由此可知。成語「窮途之哭」亦因此而來，本指阮籍因車無路可行而痛哭，但也形容因身處困境而悲哀之意。是以，此痛為「窮途」之際，面對人生路途之蒼茫而放聲悲泣之痛。蘇軾〈寒食詩〉也曾興起「也擬哭塗窮，死灰吹不起」的心境，誠然。

因此，詩人以「朝鐘暮鼓不到耳」一句，呈露了心如止水的隱居生活裡的心境——外物之動靜已難以動搖詩人平靜的內心了。

（原載《人間福報》第十四版〔縱橫古今〕，二〇一一年八月一日）

縱使一夜風吹去

「縱使一夜風吹去」語出唐代詩人司空曙〈江村即事〉：「釣罷歸來不繫船，江村月落正堪眠。縱使一夜風吹去，只在蘆花淺水邊。」

詩人說道，釣魚者歸來並未繫縛小舟，此時正是江村月落適合休息之際。小舟或許會隨風四處飄蕩，縱使晚風一夜不停吹送，又何妨？它再怎麼樣飄蕩，也只會漂浮在蘆叢淺水邊罷了。

司空曙（約七二〇－七九〇），磊落有奇才，性情耿介。詩作多為行旅贈別之作，長於抒情，為大曆十才子之一。其詩風之閒雅疏淡，為人稱道。這首〈江村即事〉即為其淡雅名作。

詩寫江村眼前所見之事，但詩人僅聚焦於一位江上的垂釣者，集中敘寫他歸來不繫舟的片段。藉由垂釣者的小動作，反映江村生活的切面，情真而恬美。垂釣者夜釣歸來，竟懶於繫船，反而令其任意飄蕩。因此，「不繫船」三字正為此詩之詩眼，更由此見出詩人自由自在的心境。只因「江村月落正堪眠」，垂釣者已倦了，因此連船也懶得繫縛了。

然而，一般人若未停妥車馬或繫緊舟船，是否能夠安眠？以下，詩人便指出「縱然一夜風吹去，只在蘆花淺水邊」這兩句，做為回應。「縱然」與「只在」，前呼後應，詩人意指夜裡不一定會起風；即使起風，最壞的狀況不過就是，沒有繫纜的小船被吹到長滿蘆花的淺水邊罷，但那又何妨？詩人雖未正面銘刻江村幽謐的情景，然而垂釣者悠哉的生活態度，卻已充分烘托出了江村之寧靜具足之美。是以，「縱使一夜風吹去」，也仍在蘆花淺水邊，並未離遠啊。

至此，詩人隨性生活的態度呼之欲出。僅僅描繪江村生活中的一個小小側面，即已透顯了詩人所表露的生命境界——無所欲求的閒適。而全詩之高妙便在於「不繫船」三字所表現的心無掛礙的逸趣。「繫船」是一種「擁有」與「擔心失去」，既擁有必有所失去。此處已暗示了人間世的常態，人往往過於在乎外物之得失，乃恆常處於焦慮之狀態。而詩人卻一反常人之情，一派灑脫地不予繫船，意即不以「物」役己，順其自然。小船之淹留或蕩離，天意自有安排，何需過度憂心？

既不執著，也就不必掛懷了。是以，當我們的內心已貞定若此，無論人間再有多險惡風波，猶然能夠順利覓得心靈之依傍或歇息處，「縱使一夜風吹去，只在蘆花淺水邊」的淡定，正是一種心靈自足的表現。在生命最不堪的狀況下，總也有留人容身之處。至此，可見詩人對生命所抱持的是無求與無待的自在。是以，人若無非分之期盼，便無過度失望，乃能隨遇而安，凡事無需計較。至此，不在意不介懷的大自在，便能體悟隨意飄蕩、隨處美好的境界了。

（原載《人間福報》第十四版〈縱橫古今〉，二〇一一年八月八日）

卷六

是非得失兩茫茫——還諸缺憾

一將功成萬骨枯

「一將功成萬骨枯」出自唐代曹松〈已亥歲感事〉：「澤國江山入戰圖，生民何計樂樵蘇？憑君莫話封侯事，一將功成萬骨枯。」

此詩末句「一將功成萬骨枯」遠較詩人及整首詩作還更具知名度。曹松（八二八—？），唐代詩人，生卒年不詳。中進士時已七十餘歲。曹松擅長五言律詩，煉字琢句，取境幽深，與賈島近似。題材多為傷懷嗟嘆、旅思離情，很少觸及社會問題，然而其〈已亥歲感事〉卻因「一將功成萬骨枯」這一名句，傳誦至今。

曹松〈已亥歲感事〉作於唐廣明元年（八八〇），追憶去年（乾符六年，已亥歲（八七九））時事而作。詩中所提之社會現實即指安史之亂。因此，首句「澤國江山入戰圖」，指的正是安史之亂後，接著又發生農民起義，唐王朝因此進行鎮壓，大江以南自此也淪為戰場。詩句不直說戰禍殃及澤國（江漢流域），只提及這一大片河山皆已畫入「戰圖」，委婉曲折的呈現一片兵荒馬亂的流血現實。第二句「生民何計樂樵蘇？」則是描述隨之而來的生靈塗炭。打柴為「樵」者打柴，「蘇」者割草。樵蘇生計本來即無樂可言，然而一旦因戰爭而流離失所，即使只能打柴割草度日，也算樂事一件；只可惜今已不可得。前兩句看似輕描淡寫，細讀之卻血淚斑斑，乃能直接逼出後兩句的沉痛呼聲。這種先抑後揚的寫作手法，極具震憾力。

第三句提及「憑君莫話封侯事」，詩人何以如此感喟？原來「封侯」之事指的是一樁建立在以他人流血為基礎的功績。乾符六年（「已亥歲」）鎮海節度使高駢便以鎮壓黃巢起義的功績——「殺人多」而得到封賞。詩人聞之，為之齒冷。難怪詩人要以「憑」字表達「請求」之意，意謂「高駢您行行好吧，可別提封侯的事了」。詩意因此沉痛酸楚至極，此「憑」字可謂詩眼。末句「一將功成萬骨枯」不僅是全詩之警語，更知名於後世。原因在於此言雖簡而義賅，一針見血的指出將士封侯的深層意義，即一人封候是以廣大士卒的犧牲做為高昂代價而換來的。詩句即以強烈的對比手法，表達對此一現象的髮指，「一將」（一位將領）對「萬骨」（無數犧牲者）、「功成（榮）」與「枯」兩相對照，觸目驚心。

「一將功成萬骨枯」便以如此怵目驚心的對比，直接揭示了一幅駭人的成功故事。即犧牲眾人之鮮血所換來的個人光榮，是否值得吾人夸夸而談？亟待深思。

（原載《人間福報》第十四版〔縱横古今〕，二〇〇九年十二月十四日）

流光欺人忽磋跎

「流光欺人忽蹉跎」典出李白〈前有一樽酒行〉二首其一：「春風東來忽相過，金樽淥酒生微波。落花紛紛稍覺多，美人欲醉朱顏酡。青軒桃李能幾何，流光欺人忽蹉跎。君起舞，日西夕。當年意氣不肯平（傾），白髮如絲嘆何益。」

李白此詩做於唐開元二十年（七三二），這首詩題由古樂府〈前有一樽酒〉變化而來。就內容而言，李白一反前人所寫置酒祝壽之主題，轉而抒發青春易逝之感，並歸結至「當年意氣不肯平」一句，表現詩人李白老而彌堅的意志。

如同〈將進酒〉，李白在此詩裡歌頌及時行樂之美好感受。首二句「春風東來忽相過，金樽淥酒生微波」，既感時光迢遞、青春易逝，何不好好喝上一樽酒，要來得快活。接著，「落花紛紛稍覺多，美人欲醉朱顏酡」且看美人跳上幾段胡旋舞，否則還真是太苛刻自己。然而，「青軒桃李能幾何，流光欺人忽蹉跎。君起舞，日西夕」，終究白髮三千轉眼是，紅顏二八須臾空，看似愉悅的享樂，正在流光之磋跎中，深藏著幾多無奈呢。最後，詩人說道「當年意氣不肯平（傾），白髮如絲嘆何益」，詩人在時光流逝中回首前塵，當年不平之事，如今白髮三千丈，多說何益。看似飲酒縱樂的詩人，其實心志依然昂揚。

「飲食男女，人之大欲存焉」，李白便懂得坐擁酒樽度日的快意，更何況當壚沽酒的還是位胡姬。然而，李白看似混跡酒肆而狂放不羈的生活，終究敵不過「春風東來忽相過」的無奈之感；即使快意如「金樽淥酒生微波」的生活，也仍舊逃不開「流光欺人忽蹉跎」的無情之感。李白一生好酒，以酒哭、以酒笑，更以酒度日。他可說是古代文人中，最逃不出酒途的一位詩人。然而，詩人在酒中仍是清醒的，由他所發出的「流光欺人忽蹉跎」之感嘆，可見一斑。

因此，「流光欺人忽蹉跎」要說明的是，人在時光中度日，稍一不慎，即可能頓生蹉跎之感。而愈是對人生透徹者，愈能體味李白於酒樽中度日的況味，亦即愈醉者愈清醒。而青春易逝之感，正是人生滋味中最耐人咀嚼者。

（原載《人間福報》第十四版〈縱橫古今〉，二〇一〇年三月八日）

翻手作雲覆手雨

「翻手作雲覆手雨」典出杜甫〈貧交行〉：「翻手作雲覆手雨，紛紛輕薄何須數，君不見管鮑貧時交，此道今人棄如土。」

杜甫此詩約作於唐天寶年間（七四二－七五六）中期。當時杜甫困守長安，為謀一官半職到處求人，常遭冷遇。後參加科舉考試失利，改獻詩獻賦予國君，仍未謀得祿位，生計益發困頓，常處於饑寒交迫之狀。但杜甫向來懷抱經世濟民的遠大理想，自覺任重道遠，但現實之殘酷，使他飽諳世態炎涼、人情反覆的滋味，乃憤而為此詩。詩題以「貧交」二字命名，即可見杜甫的心情。古歌有謂：「采葵莫傷根，傷根葵不生。結交莫羞貧，羞貧友不成。」正好也能呼應杜甫所謂貧賤交友方能見真情的道理。

因此，詩一開篇即說道「翻手為雲覆手雨」，人若得意時往往便如雲之聚合，失意時又如雨之紛撒，翻手與覆手之間，如雲雨變化般無常，令人驚嘆。這種勢利之交或酒肉之友，是多麼地令人輕蔑憤慨、不屑一顧啊。然而，你看看古代的管仲和鮑叔牙這種貧賤不能移的君子之交，如今卻被世人棄如糞土呢。

對杜甫而言，黑暗冷酷的現實不免令人絕望，是以詩人不免憶起一樁古人的美好交誼——管鮑之誼。據《史記・管晏列傳》所載，管仲早年與鮑叔牙交游，鮑深知管仲之賢。然管仲家貧，幾次欺鮑叔牙，鮑卻始終未置一詞。後來，鮑事公子小白（後來的齊桓公），又舉薦管仲，終使管仲輔佐齊桓公成就一方霸業。因此，管仲乃慼喟「生我者父母，知我者鮑子也。」是以，鮑叔牙對待管仲之貧賤不移的交游，令人感佩。這也就是杜甫所謂「君不見管鮑貧時交」之深意。

是以，此詩的主要用意，正是在於藉由古今人情之對照，以古人對友情之重於磐石的堅持，與今人之「輕薄」與「棄如土」的態度相映，可知杜甫之悲憤何如深切。此言或有以偏概全之嫌，然惟其如此誇張，方能真正呈現世上知交絕少這層意義。

杜甫以「翻手為雲覆手雨」這樣形象化的語言，說明世道之炎涼與人心之險惡，今日「翻雲覆雨」的成語即出自此，但原初詩句裡的悲憤之意，卻與今日用於男女之情者大不相同。然而，此詩句之凝練生動，輕易統攝了全篇意念，堪稱引人深思的妙筆。

（原載《人間福報》第十四版〔縱橫古今〕，二〇一〇年四月十九日）

炙手可熱心可寒

「炙手可熱心可寒」語出李清照〈上趙挺之〉：「炙手可熱心可寒，何況人間父子情」。這二句詩為散逸之句，原詩與詩題已不可考，因此詩題也做〈逸句〉。

李清照於十八歲那年（一一〇一）嫁給吏部侍郎趙挺之之子——太學生趙明誠為妻。家翁趙挺之與清照之父李格非在政治上屬於不同黨派，在激烈的黨派鬥爭中，隸屬蘇門四弟子之一的元佑文人李格非被罷了官，而趙挺之卻被獨攬大權的蔡京相中，當上右丞相，竭力排擠元祐黨人。李清照為了救父，乃給家翁趙挺之寫了「何況人間父子情」與「炙手可熱心可寒」這兩句詩，但並未打動權慾熏心的趙挺之。兩個親家因政見不同，而無法顧全平日交情，令為人子女者亦不得不哀慟若此。

其後，結褵後二年，趙明誠亦出任。自父親李格非罷官事件後，夫婦二人更加以學術與文章為重。當初趙挺之拜相時，李清照曾獻詩「炙手可熱心可寒」，諷喻之情即不言而喻。之後果如清照所料，趙家終被蔡京所誣陷。趙挺之病逝才三天，蔡京便誣陷他

「身為元祐大臣所薦，力庇元祐奸黨」，於是降旨追回趙挺之的官號。屍骨未寒，而人情冷暖至此，令人嘆惋。

李清照不顧新媳不可與家翁說話的傳統習俗，向家翁發出「炙手可熱心可寒」的心聲，意思是指公公你手中的權力太大太多了，難道你不覺得燙手嗎？你的權力越大，地位越高，我的心越是感到寒冷。此句是引申杜甫〈麗人行〉「炙手可熱勢絕倫，慎莫近前丞相嗔」而來的，充分表達了李清照對家翁的氣憤——未能為父親李格非的罷官及時伸出援手。

詩句中的「炙手可熱」其實是唐人的常用語，指的是勢焰之盛，手一靠近就覺得很熱；後比喻地位尊貴，勢燄熾盛。語出唐代裴庭裕《東觀奏記》：「時人語曰：『炙手可熱，楊、鄭、段、薛』」；後亦用「炙手可熱」比喻廣受歡迎，名聲極盛之意。而今日使用「炙手可熱」，多指廣受歡迎之義。

回顧「炙手可熱心可寒」一句，可知李清照做為有宋一代才女，其識見確實不凡，能言人所不能言，干冒大不韙，為的是為人子女理應孝養已父的人倫價值，今日重讀她的故事，依然值得感佩。

（原載《人間福報》第十四版〔縱橫古今〕，二〇一〇年五月三日）

抽刀斷水水更流

「抽刀斷水水更流」典出李白詩〈宣州謝朓樓餞別校書叔雲〉：「棄我去者，昨日之日不可留。亂我心者，今日之日多煩憂。長風萬里送秋雁，對此可以酣高樓。蓬萊文章建安骨，中間小謝又清發。俱懷逸興壯思飛，欲上青天攬明月。抽刀斷水水更流，舉杯消愁愁更愁。人生在世不稱意，明朝散髮弄扁舟。」

此詩為唐天寶末年李白在宣城餞別秘書省校書郎李雲（叔雲）時所作之名篇，李雲即為李白叔父。謝朓樓則是南齊著名詩人謝朓擔任宣城太守時所創建者，又稱北樓或謝公樓。詩人寫道，拋擲我而去的是無可挽留的昨日時光；擾亂我心神的，則是有太多煩憂的今日。萬里長風中鴻雁飛翔，對此壯美之景，正可於謝公樓暢飲。你的文章直比建安風骨，其中我所追慕的謝朓詩文清新秀發。你我皆懷抱壯志豪情奮然欲飛，一心想要飛上青天摘取明月。然而，思及壯志難酬，欲抽刀斷水水卻更流，想到未來的命運，則舉杯消愁愁卻更深。人生在世往往不能稱心如意，索性明朝披髮泛舟於江湖漂流罷。

此詩名為「餞別」，理應為典型的送別詩，然而寫及送別的場面並不大多，反而是李白藉此表彰自己的心志較多。詩一開頭，李白即表達他對生活不如意之浩歎，也呈露他對污濁的政治現實的具體感受——悒鬱煩亂。其憂憤之深，充分反映在「棄我去者……」這樣的詩句裡。因此，面對澄明秋色，遙望萬里長風中飛翔的鴻雁，此一壯美景色不免激發李白的滿腔豪情。接著，才終於寫及高樓餞別的場面，除讚美叔雲的文風剛健，也不忘藉著樓主謝眺之文名比擬自己的詩作與其同樣清新俊秀，可見李白的自信。

饒有自信的李白，猶有隨風飛揚的豪情壯志，欲上青天攬明月正是他一貫的心志所在。此一曠放而天真的豪語，充份展現李白的瀟灑。儘管如此，其內心苦悶依舊，乃有抽刀斷水、舉杯消愁的想法。然而，現實之「不如意」，終究讓他不得不承認「人生在世不稱意」這樣的困窘，令他期許終有一日得以散髮浮舟以消遙度日。

詩中最奇之處便是「抽刀斷水水更流」一句了。相較於「舉杯銷愁愁更愁」的易解，「抽刀斷水水更流」這奇妙的比喻，極具獨創性。謝眺樓前原本即是終年長流的溪水，綿延不盡的流水與無窮無盡的煩憂，恰可形成絕妙的聯想，乃有「抽刀斷水」的奇妙意象誕生。然而，愈「想」斷念愈不可得，萬事皆然，其理自明。

（原載《人間福報》第十四版〔縱橫古今〕，二〇一〇年五月十日）

綠葉成陰子滿枝

「綠葉成陰子滿枝」出自杜牧〈悵詩〉：「自是尋春去校遲，不須惆悵怨芳時。狂風落盡深紅色，綠葉成陰子滿枝。」後來流傳的杜牧詩作版本，則改為〈歎花〉：「自恨尋芳到已遲，往年曾見未開時。如今風擺花狼籍，綠葉成陰子滿枝。」

詩人說道，可惜自己現在尋芳去得太遲了，實在無需怨怪春光何以驟然消逝。但見狂風將樹上盛開的紅花吹得七零八落、遍地狼藉，只見已形成綠蔭的大樹及累累結實的樣子了。

詩中名句「綠葉成陰子滿枝」，原本即指明綠葉繁茂覆蓋成蔭的樣子。其後，多以「綠葉成陰」比喻女子青春已逝，「子滿枝」喻兒女成行，乃形成今日的用法——感嘆久別重逢之舊愛竟已兒女成行的惆悵。

而這種義蘊之形成，似乎也並未與原詩的創作背景相去太遠。杜牧這首〈悵詩〉前即以小序說明了它的故事背景：「牧佐宣城幕，遊湖州。史崔君張水戲，使州人畢觀。

令牧閒行閱奇麗，得垂髫者十餘歲。後十四年，牧刺湖州，其人已嫁，生子矣。乃悵而為詩。」由此可知，杜牧早年游湖州時，曾邂逅一位十餘歲的美貌少女，便與其母約定：「等我十年，不來再嫁」。十四年後，杜牧果然成為湖州刺史，重遊舊地，那女子卻早已嫁人生子了。杜牧乃悵然寫下此詩。此事多出現於筆記小說中，真實性待考，但詩人藉由惜春尋春，進而慨嘆情緣已逝的心情，則是無疑的。

詩中乃盡吐詩人的惆悵之情。藉由尋春遲到、芳華已逝、花開花落、綠蔭子滿等大自然之生發，含蓄而委婉地抒發了自己對於因緣已誤、年華不再的慨嘆。因此，全詩乃圍繞著一「悵」字著筆，自嘆尋芳已遲，良機已失，卻又要自寬自慰，「不須惆悵怨芳時」；然而，詩人之自怨自艾、悔恨莫及的心情卻因此充分呈露。其後則以春紅褪盡，綠葉成蔭子滿枝，含蓄說明了詩人深自嘆惋的感情。全詩看似寫景摹物，詩人之「悵」卻表露無遺。

整首〈悵詩〉便如此蘊蓄著詩人的惆悵，終篇如此。因此，故事雖未必可信，但若缺此，則「綠葉成陰子滿枝」便將少去幾許動人的成分了。

（原載《人間福報》第十四版〔縱橫古今〕，二〇一〇年五月三十一日）

今朝有酒今朝醉

「今朝有酒今朝醉」語出唐末詩人羅隱〈自遣〉：「得即高歌失即休，多愁多恨亦悠悠；今朝有酒今朝醉，明日愁來明日愁。」

詩人說道，得意時即放歌高唱；失意時便閉口不言。許多愁許多恨，都與我何干。今日有酒，就該趁著今日暢快酣醉；待明日憂愁來臨時，再去發愁吧。

唐末詩人羅隱（八三三－九〇九），生性傲睨外物，詩多以諷刺為主。唐亡之後，不事新朝。據聞外貌甚醜陋，應舉十次不中，遂改名。由於仕途坎坷，乃作〈自遣〉以自嘲。此詩呈露了他仕途失意後的頹唐心境，其中自有幾抹憤世嫉俗之況味。

此詩之能為千百年來眾所傳誦，自有其道理。除了真切地反映了知識分子的典型出處問題——得失之間的進退，其詩於文字及內涵上的表現亦有獨到之處。

〈自遣〉一開篇即點出「得」、「失」二字，充分說明了他當下的心境。對於得失不必患得患失，一派灑然，高歌與否的轉換可以很自然。既有自白之意，也有勸世的味道。因此，面對如此令人無奈的處境，羅隱卻認為再多愁與恨，都與我無干，亦即無法動搖我對自己的評價。是以，羅隱接著說道：「今朝有酒今朝醉，明日愁來明日愁」，將首句的「得即高歌失即休」具象化，讓一位（如羅隱一般）放歌縱酒的曠達之士躍於紙上。類此「及時行樂」的意蘊頗具放達之致，也同時蘊含了頹喪之感、憤懣之情。因此，「今朝有酒今朝醉，明日愁來明日愁」看似灑然無掛礙，實則多愁多恨，道不盡的酸辛苦楚。

於是，買醉往往成為古代知識份子的必需。惟有置身酒趣中，方得暫時忘卻俗事之煩憂。此外，羅隱有一首歌詠辛苦採蜜的〈蜂〉，可對照參看：「不論平地與山尖，無限風光盡被占；採得百花成蜜後，為誰辛苦為誰甜？」此詩之末句，也衍生為另一名言「為誰辛苦為誰忙」，由此可知，沉飲自遣的詩人，何以能夠吟出「今朝有酒今朝醉」的千古名句了。

（原載《人間福報》第十四版〔縱橫古今〕，二〇一〇年六月七日）

仰天大笑出門去

「仰天大笑出門去」語出李白〈南陵別兒童入京〉：「白酒新熟山中歸，黃雞啄黍秋正肥。呼童烹雞酌白酒，兒女嬉笑牽人衣。高歌取醉欲自慰，起舞落日爭光輝。游說萬乘苦不早，著鞭跨馬涉遠道。會稽愚婦輕買臣，余亦辭家西入秦。仰天大笑出門去，我輩豈是蓬蒿人。」

詩人說道，回家時正好是秋熟時節，而且白酒新熟、黃雞啄黍，一片熱鬧景象。詩人喜不自禁，一進家門便高呼烹雞酌酒，以歡慶好運；兒女們迎上前來圍攏著詩人，笑臉相問，急著想知道父親喜從何來？接著，詩人開懷痛飲，快慰之情溢於言表；不禁拔劍起舞，劍光閃閃可與落日爭輝呢。詩人遺憾不能更早受到皇帝的重用，以實現自己的政治主張；一旦有機會輔佐皇上，便會快馬加鞭趕到皇上身邊，以報效家國。詩人好比大器晚成的朱買臣般，而看輕自己的人便如買臣之妻般有眼無珠；只要我一入長安，必定青雲直上。因此，詩人得意之餘，仰天大笑出門去，自認並非胸無大志的庸人。

豪邁的李白素有遠大志向，但很長時間內一直沒有實現抱負的機會。天寶元年（七四二），李白四十二歲時，唐玄宗終於召他入京，李白滿以為實現政治理想的機會終於到了，立刻飛奔回到皖南的南陵家中，與一雙兒女告別，並揮筆寫下這首神彩飛揚的詩作。此詩可說是李白諸多詩篇裡極少數志得意滿之作，其自負自得之情狀直透紙背，令人印象深刻。

無怪乎，此詩一開首即描繪出幅喜悅的圖像。詩人回家正是秋熟之際，而白酒新熟與黃雞啄黍所營構的熱鬧畫面，更烘托出詩人愉悅的情緒。因此，載欣載奔的詩人，一進家門便高呼兒女們烹雞酌酒，以便歡慶喜事。詩人眉飛色舞之神情，可見一斑。然而，光是縱情飲酒似不足以表現詩人的喜悅之情，乃拔劍起舞以自勉之。

正是這樣手舞足蹈的得意之情，適足以對照此詩後半部內心世界的跌宕之情。詩人於自得之餘，不免躊躇滿志，若能更早受到重用的話，必定快馬加鞭飛奔而去的，何需遲至今日？可見自己是這樣大器晚成之人，猶如當年被前妻嫌棄的朱買臣一般，直到當了太守，眾人才對他另眼相看。至此，詩人傲視群倫的驕狂姿態宛然可睹。因此，自認一鳴驚人的詩人乃「仰天大笑出門去，我輩豈是蓬蒿人。」十足見出詩人李白昂揚奮發的經世致用之情。

果真是「人生得意需盡歡」，詩人李白正是這樣任真自得之人，喜事臨頭便痛飲酒、狂起舞，游目顧盼之間，真是大氣淋漓。是以，「仰天大笑出門去」的豪邁，適足以透顯李白狂放的精神人格，千百年後猶然傳神。

（原載《人間福報》第十四版〔縱橫古今〕，二〇一〇年八月二日）

世事茫茫難自料

「世事茫茫難自料」語出韋應物〈寄李儋元錫〉：「去年花裡逢君別，今日花開又一年。世事茫茫難自料，春愁黯黯獨成眠。身多疾病思田里，邑有流亡愧俸錢。聞道欲來相問訊，西樓望月幾回圓。」

詩人說道，去年你我在百花盛放的時節裡相逢又相別，今日花兒再開又是一年過去了。世事一片迷茫不清，讓人難以預料，雖是美好春日，卻令人心神愁悶、輾轉難眠。一身多病的我原想就此辭官歸田，但眼見百姓之貧困流離，更使我感覺愧對自己的職位。聽聞你打算來這兒敘敘寒暖，期盼中但見西樓月兒又不知幾回圓了。

詩人韋應物（七三七－七九二），唐代大歷時期詩人，詩風簡淡而意蘊深遠。此詩乃韋應物晚年於滁州刺史任上所作，亦成為韋應物傳世名詩之一。

唐德宗建中四年（七八三）暮春時期，韋應物由尚書員外郎調任滁州刺史，自此離開長安城，秋天時到達滁州任所。李儋，字元錫，是韋應物的好友，時任殿中侍御史，當年在長安城與詩人分別後，曾託人問候。次年春天，詩人即寫了這首答贈詩予好友。

因此，首二句以敘別開始，提及去年春天在長安城分別以來，至今已一年。花裡重逢又相別，不僅寓示美好的回憶，更有時光飛逝之意。

然而，此詩在答贈好友、寄寓別後思念之餘，亦夾雜著詩人已身對國亂民窮的心境，顯見其內心的複雜與矛盾。在韋應物赴滁州任職的一年期間裡，他親身體會了百姓困頓的生活境況，對於朝政紊亂、民生凋敝有了更深刻的認識。這年冬天，長安城更發生朱泚叛亂，唐德宗倉皇出逃，直到第二年五月才收復長安。韋應物心焦之餘，曾派人北上探聽消息，寫作此詩時，探者尚未回到滁州，仍是局勢不明的狀態。因此，詩人才有「世事茫茫難自料」之感，也才有「春愁黯黯獨成眠」的抑鬱之情。

此茫茫世事既是國家的，也是自己的前途，在局勢不明的狀況下，做為朝廷命官的詩人面對美好的春日，自然無法輕鬆得起來。是以，詩人雖因多病而有辭官退隱之意，但眼見百姓仍困頓流離，感到自己有愧職守，心緒之複雜萬端，難以言喻。正在心緒黯淡、一籌莫展之際，詩人接收到好友李儋的問候，安慰之餘，亦企盼他能前來一敘衷腸。

由此可知，別（長安、好友）後一年裡，詩人多病在身、心緒無奈之餘，難免興發「世事茫茫難自料」之感，但其憂國憂民之情，卻使他無法率爾辭官歸田。因此，友情之慰藉便成為此時最重要的心靈良方了，「西樓望月幾回圓」即極其淡雅的為此思友之情畫下了美好的句點。

「世事茫茫難自料」一句，自此成為所有人們面對人生莫大難題時的共同感觸了。

（原載《人間福報》第十四版〈縱橫古今〉，二〇一〇年八月三十日）

山雨欲來風滿樓

「山雨欲來風滿樓」語出唐代詩人許渾〈咸陽城西樓晚眺〉：「一上高樓萬里愁，蒹葭楊柳似汀洲。溪雲初起日沉閣，山雨欲來風滿樓。鳥下綠蕪秦苑夕，蟬鳴黃葉漢宮秋。行人莫問當年事，故國東來渭水流。」

詩人說道，登上高高的城樓，便牽引了萬里愁思。但見水邊蘆葦與楊柳連成一氣，彷若江南水鄉景致般怡人。然而，一時間溪上雲起，夕陽返照著樓閣，樓頭狂風乍起，似乎預示著山雨將至的消息。暮色蒼茫中，歸鳥飛向荒蕪的秦苑遺址；而寒蟬則在枯黃的樹葉間哀鳴著，漢宮廢墟上秋風低迴。行人啊別再提起當年咸陽舊事了；古往今來一切歷史陳跡，早已都隨著一江渭水向東流逝了。

唐代詩人許渾（生卒年不詳），自幼苦學，性愛林泉。屢試不第，直至文宗年間方中進士。許渾一生長於抒發羈旅之情，其行跡遍及大半中國。行旅途中，見證了諸多歷史陳蹟的衰敗，乃以紙筆抒發其慷慨懷古之情，以及行役漂泊之慨。因此，許渾詩作以懷古詩最為知名，多慷慨激昂之作。這首〈咸陽城西樓晚眺〉便是其中佳作，亦為許渾一生的代表之作，尤其是詩中的「山雨欲來風滿樓」一句，更是千古名句。

此詩呈現了咸陽城過往繁華的記憶，以及詩人對荒蕪的現實與生命流逝的慨嘆。許渾在秋日傍晚登上了咸陽古城樓游觀怡人景致。只見夕陽西沉，烏雲滾滾，乃即興寫下「一上高樓萬里愁，蒹葭楊柳似汀洲。溪雲初起日沉閣，山雨欲來風滿樓」如此經典的畫面。「愁」字點明許渾的心緒，「沉」字更平添其愁悶之感；正在心煩意亂之際，天色也逐漸陰沉下來，一付風雨即將狂瀉而來的驚人氣勢；同時也暗指詩人對於唐王朝日薄西山之勢的無限嘆惋。此後，「山雨欲來風滿樓」即多借以譬喻事件發生前的徵兆或緊張氣氛。

是以，詩人但見秦苑漢宮皆已荒蕪敗落，時值秋風掃落葉之際，更添零落蕭瑟之意。唐王朝在內憂外患、爭戰頻仍中，國運日衰，彷若此刻眼前所見之景象，正蓄積著「山雨欲來風滿樓」的驚人能量。然而，回首此刻秦漢遺址上早已覆亡的歷史，皆隨著滔滔江水付諸東流、一去而不復返了。因此，詩人乃提出「莫問」二字，只因歲月之無情，歷史之變遷，在在令人神傷，無能力挽狂瀾的我們只能默然痛惜。

原來，「山雨欲來風滿樓」如此形象化而富於哲理的詩句，正是許渾登高懷古的巧構之作，無怪乎名揚千古，至今不息。

（原載《人間福報》第十四版〔縱橫古今〕，二〇一〇年十一月二十二日）

天若有情天亦老

「天若有情天亦老」語出唐代李賀〈金銅仙人辭漢歌〉：「茂陵劉郎秋風客，夜聞馬嘶曉無跡。畫欄桂樹懸秋香，三十六宮土花碧。魏官牽車指千里，東關酸風射眸子。空將漢月出宮門，憶君清淚如鉛水。衰蘭送客咸陽道，天若有情天亦老。攜盤獨出月荒涼，渭城已遠波聲小。」

詩人寫道，在茂陵安息的漢武帝，如今只如秋風中的過客罷了；儘管夜裡似乎聽到馬的嘶鳴，清早一見卻了無痕跡。看看那雕樑畫棟的宮殿，桂樹在秋風中仍飄散著香氣；而壯觀的三十六離宮別館卻早已為青苔所覆。然朝代更迭，魏官牽車運走金銅仙人，千里迢迢地從長安到洛陽；經過東關時，冷冽的寒風直射得人眼睛發酸。離開漢城宮門時，只有明月來相隨；想必當時金銅仙人流下的淚水，必如鉛般沉重吧。咸陽道上，一路只有衰敗的蘭草相隨；老天若有情，想必也要有感於人世滄桑而蒼老的吧。金銅仙人離漢宮遠去，攜帶了承露的銅盤，因心緒黯然，更覺月色荒涼；金銅仙人逐漸隨車遠去，渭水的波聲也越來越小，離愁漸遠漸無窮。

詩人李賀（七九〇～八一六）雖為唐朝宗室後裔，但家道已中落。其為詩構思奇特，人稱「詩鬼」，亦與杜牧被並稱為「小李杜」，然以二十七歲英年辭世，可謂「天妒英才」。其許多詩作流露詩人對人生無常之慨，如這首〈金銅仙人辭漢歌〉即為名作。而其中「天若有情天亦老」一句更是千古佳言，感人至深。

此詩寫於唐元和八年（八一三），李賀因病辭去職務，由長安赴洛陽途中所作。其時唐代國運已江河日下，李賀身為沒落貴族，報國無門，乃借由金銅仙人辭漢的故事以抒感懷。詩人運用了超人的想像力，寫出了歷史故事動人的一面。這也就是詩前小序所說的：「魏明帝青龍九年八月，詔宮官牽車西取漢孝武捧露盤仙人，欲立置前殿。宮官既拆盤，仙人臨載乃潸然淚下。唐諸王孫李長吉遂作《金銅仙人辭漢歌》」傳說金銅仙人乃漢武帝為祈求長生不老（死）而設。仙人掌心向上，手中擎著承接露水的托盤，以便漢武帝飲用。魏明帝時，金銅仙人被拆離漢宮運往洛陽，據說拆盤臨行時，金銅仙人（因感亡國之慟）潸然淚下。

當年，金銅仙人身為漢王朝極盛而衰的見證人，因亡國之慟而淚下。而今，金銅仙人的故事，在李賀看來更是凝重而傷感的。金銅仙人臨行之際的潸然淚下，也正是詩人仕途無望被迫離開長安的心境啊，李賀此時此刻的百感交集，良有以也。金銅仙人本無情卻有淚水，他的淚就是李賀的淚，因此「憶君清淚如鉛水」的沉重與「天若有情天亦老」的感人，便不難想見了。由此可見，李賀對家國之眷眷情深，如斯凝重，如斯深沉。

是以，凡有情之物都會衰敗，遑論蒼天、明月或金銅仙人，所以「天若有情天亦老」。這一設想奇偉之句，不只道盡金銅仙人與詩人自己艱難之境，其高遠深沈之內蘊，足為千古名句。

（原載《人間福報》第十四版〈縱橫古今〉，二〇一〇年十一月二十九日）

為誰辛苦為誰甜

「為誰辛苦為誰甜」，語出唐代詩人羅隱〈蜂〉：「不論平地與山尖，無限風光盡被占。採得百花成蜜後，為誰辛苦為誰甜。」

詩人說道，無論平地或山峰，凡鮮花盛開之處，都為蜜蜂所佔領。它們努力採得百花釀成蜜後，到頭來又是為誰辛苦忙碌？

詩人羅隱（八三三－九〇九），原名橫，後因屢試不第，改名「隱」。據說羅隱貌古而陋、恃才傲物。後窮途潦倒，仍狂傲不已。一生寫了許多諷喻政治社會現實的詩歌，揭露晚唐社會的面相。其詩風較諸晚唐其他詩人之作顯得較為淺易明暢，頗近口語，此詩之直白即為明證。

與同樣採花蜜的蝴蝶相較，蜜蜂之辛勞採蜜顯然較少為詩人所關注。羅隱這首詠物詩，特別選擇蜜蜂做為被歌詠的對象，突顯了蜜蜂採花蜜背後的辛勞，可見他對於一般勞苦大眾的同情以及社會現實的深刻感觸。此詩表面歌詠的是蜜蜂為採花蜜而辛苦一生，享受甚少的事實；實質上乃託寓一般農民辛勞一生，成果卻被剝奪的社會現實。因此，一方面讚美終日勤勞為社會創造財富卻被剝削的勞動者；同時亦暗指社會中總存在著一些不勞而獲的剝削者。由此，此詩乃明顯具有諷喻社會現實的意義。

因此，此詩後兩句「採得百花成蜜後，為誰辛苦為誰甜」，不僅貼切的刻畫了蜜蜂辛勞的一生，更點出它們「不知為誰而戰」的處境，明顯道出世態炎涼之現實。尤其是詩中名句「為誰辛苦為誰甜」已被廣泛流傳，今人多將「甜」字改為「忙」字，但意義不變。為誰辛苦為誰忙，往往被用在感嘆耗費苦心卻一切枉然的心境，除了希望落空和自己辛苦奔波之間的不平衡之外，往往亦有到頭來不知「為何而戰」的悵惘與茫然。羅隱藉蜂以喻人，一針見血的道出人情冷暖的事實，可見為誰辛苦為誰忙的感慨，乃人所共有。

是以，「為誰辛苦為誰甜」看似寫蜂，其實它所指出的寓意卻深刻至極。唯有真正辛苦付出過的人，方能體會這一詩句背後所透顯的冷暖。尤其是人間處處皆有的辛勞父母，他們總是竭力付出，卻也不免發出「為誰辛苦為誰甜（忙）」的慨嘆啊，只因為人子女者，往往無法立即設身處地的揣想父母的辛勞付出，適時感恩。也因此，難怪「為誰辛苦為誰甜（忙）」一句能夠至今不衰。

（原載《人間福報》第十四版〈縱橫古今〉，二〇一〇年十二月六日）

是非得失兩茫茫

「是非得失兩茫茫」語出辛棄疾〈讀書〉：「是非得失兩茫茫，閒把遺書細較量。掩卷古人堪笑處，起來摩腹步長廊。」

詩人說道，已退居在野的我，對於人生之是非得失仍有茫茫之感，得閒便把前人著作拿來再細細品咂。一旦讀到古人富有興味的經歷，頓有似曾相識之感，不免失笑，便起身走到長廊處捧腹不已。

辛棄疾以詞稱雄於世，是兩宋現存詞作最多的作家。其詞作風格多樣，既有淑世為主的，亦有婉約之表現者，大為開拓詞作的題材與內容，歷來評價甚高。相較之下，其詩作反為其詞之盛名所掩，較少受人矚目。其實，稼軒詩也有許多可觀者。稼軒詩大多抒寫其退居心緒，詩風平易，除吟詠性情外，亦富有理趣，甚至諧趣，這首〈讀書〉詩便展現了稼軒詩趣味的一面。因此，透過稼軒詩，似乎更能完整地理解稼軒整個人的性情。

此詩題為「讀書」，首二句「是非得失兩茫茫，閒把遺書細較量」，乍看頗有因人生失意而興發是非得失的感慨，繼而轉移至書本中向前賢尋求共鳴之態，與一般詩人類似之「讀書」主題詩大致相似。

然而，後二句「掩卷古人堪笑處，起來摩腹步長廊」卻彰顯了稼軒性格中詼諧的一面。當他在書本裡看到古人曾與自己一樣得意用世，且失意出世的經歷時，不免生發心有戚戚焉之感，原來士人之出處進退的課題，自古至今依舊不變。古今心靈所面對的是非成敗都是一樣的，前人之苦惱，今人一樣得面對。看到這裡，稼軒或許已瞭然，何必細細較量這些呢，對於自己的苦尋答案亦感到失笑，乃捧腹不已。特別是這「堪笑處」與「摩腹步長廊」的畫面尤其令人發噱，此中展現之詼趣，與稼軒詞之豪放或婉約風格，迥然不同。由此亦可見稼軒真性情的一面。

稼軒此詩，不免令人聯想另一位宋代詞人吳潛〈水調歌頭〉：「濟時心，憂國志，問穹蒼。是非得失，成敗何用苦論量。」吳潛對人生之成敗得失一樣發出「是非得失，成敗何用苦論量」之洞見，可知英雄所見大略相同。是以，「是非成敗轉頭空」（楊慎〈臨江仙〉），到最後，「古今多少事，都付笑談中」（楊慎〈臨江仙〉）了，確實如此。惟其能夠超脫是非成敗得失之境，乃得「笑」談人間萬古事。稼軒之摩腹大笑，想來是有深意的。

（原載《人間福報》第十四版〔縱橫古今〕，二〇一〇年十二月十三日）

人間歧路知多少

「人間歧路知多少」語出蘇軾〈新城道中〉其二：「身世悠悠我此行，溪邊委轡聽溪聲。散材畏見搜林斧，疲馬思聞卷旆鉦。細雨足時茶戶喜，亂山深處長官清。人間歧路知多少，試向桑田問耦耕。」

詩人寫道，在悠悠山行中，放鬆韁繩，任憑馬兒沿著山裡的溪流緩緩前行，靜聽流水聲。自己這無用之才害怕政敵的迫害，就像木材害怕斧斤砍斲般；也好比久在沙場的戰馬般，很想要聽到鳴金收兵的訊號。但想想連日來的春雨給茶農帶來的喜悅，以及為官清正的友人新城縣令，心情又輕鬆了不少。將臨近新城了；正沉思之間卻迷路了，只好向田間農夫問路。

宋神宗熙寧六年（一〇七三）的春天，詩人蘇軾在杭州通判任上，出巡新城縣（今浙江富陽）。詩人在趕赴新城途中，沿途飽覽明媚春光，便寫下兩首〈新城道中〉，以抒發自己的途中見聞。但前一首的輕鬆活潑，在第二首中已不復見；而是呈現詩人對人生與仕途的沉重之感。

由首聯開始，詩人走在這崎嶇的山路上，不禁想到了人生的旅途也如同山路這般的難行。詩人邊走邊想，不知不覺間便放鬆了繮繩，任由馬兒沿著潺潺溪流緩緩前行。而馬背上的詩人卻在靜聽溪聲的同時，沈思了起來。

詩人想的是自己這副「散材」、「疲馬」的形象，在激烈的黨爭中無法立足，只能請求外調杭州的憂抑。「散材」又作「散木」，典出《莊子・人世間》，指的是無用之才；「搜林斧」喻指黨禍就像砍伐林木的斧斤般令人驚懼。即使外放杭州，詩人仍有飛來橫禍的憂懼，即便身為無用之才，依然畏見搜林斧。可見詩人對官場鬥爭的厭倦。因此，想到自己也好像那久在沙場衝鋒陷陣的戰馬般，早已疲憊不堪，卻很想聽到鳴金收兵的訊號般的無奈呢。

然而，詩人不願讓抑鬱的心緒停留太久。他看著眼前這樣悠然的山村，想到幾日前的霏霏春雨為茶農帶來的喜悅，也想起為官清正的友人新城縣令。正在臨近新城的同時，詩人卻因沈思而迷了路。詩人只好向農夫問路，暗用了《論語・微子》裡兩位隱士長沮與桀溺耦而耕、孔子命子路問路的典故，以說明自己心中也有歸隱之意。向農夫問路，何嘗不也是詩人在向自己問路——你的人生將何往何從？

是以，詩人在山行途中深感人生行路之難，乃有「人間歧路知多少」之喟嘆。自視

「散材」與「疲馬」的詩人，以其真性情面對山村田園之樂，也適時地表達了自己也渴望歸田躬耕的心志呢。

（原載《人間福報》第十四版〔縱橫古今〕，二〇一一年三月十四日）

死去原知萬事空

「死去原知萬事空」語出陸游〈示兒〉：「死去原知萬事空，但悲不見九州同。王師北定中原日，家祭毋忘告乃翁。」

詩人說道，死了以後才知道原本在世時的一切都是虛幻的，但悲哀的是看不到中原的統一。兒啊！到了宋朝軍隊完全收復北方領土的那一天，你們在祭祖時，千萬不要忘記把勝利的消息告訴我。

陸游（一一二五－一二一〇）為南宋詩人之冠，其現存詩作為歷朝詩人最多者。陸游於襁褓中即隨家人顛沛流離，乃從小立志殺金兵以救國。陸游十二歲即能詩文，學劍並鑽研兵書。一一七二年，主戰將領王炎聘陸游為幕僚，軍旅生活使陸游的襟抱為之一開，寫出許多愛國詩篇。雖滿懷報國赤誠，但因朝廷只求苟安，使他的復國壯志未得伸展。之後歷經多次仕途浮沉，在一一九〇年後的二十餘年間，長期閒居於山陰老家，一二〇九年陸游八十五歲的年尾，未見中原收復的陸游，抱恨辭世。此詩便是陸游死前所作之名篇，也是最能表彰陸游精神的代表作。

陸游死前所寫的這首〈示兒〉詩，應是最後一首。由詩中可見，詩人閒居甚久，念念不忘的仍是祖國山河的統一，而非個人的生死榮辱問題。晚年蟄居家鄉到逝世這段期間，陸游早因宦海浮沉而飽經憂患。年事已高的他，詩風多已轉為清麗淡遠，或發抒人生之蒼涼感觸。因此，臨終之際的陸游，特別寫詩囑咐兒子，說明自己對人生與死亡的看法：「死去原知萬事空」，到了死去之際，終於明白人生在世的一切都是虛空的，然而祖國山河的統一卻是他念茲在茲的大事。因此他特別要兒子記得到了宋軍收復北方的那天，一定要在祭祖時，把勝利的消息告訴已逝的自己。詩之悲壯，令人動容。

死亡的課題向為人們所關注，但人們卻也往往無法參透死亡這項課題，只能想像它大概是一切終歸虛無的境況。而如何面對死亡更是人生一大難題。由此詩可見，陸游因家國「大我」之未見收復而耿耿於懷，難以放下，至臨終仍心念繫之。雖然，陸游明知死亡之後的人生，一切都是虛空，並無太多可執著的。然而，陸游卻仍心繫於山河之破碎，可見其真情至性。也正因如此，此詩乃呈露了他一生的愛國情懷，成為名詩。

是以，「死去原知萬事空」雖然說明了陸游對人生已然淡定瀟脫的態度，但他仍有無法超脫的家國之情縈繞一生，此詩訴說的正是他這股難以至死方休的大我情懷。

（原載《人間福報》第十四版〔縱橫古今〕，二〇一一年八月二十二日）

PG1704 秀文學3

獨心功夫
——讀懂古典詩人的生命故事

作　　者 / 羅秀美
責任編輯 / 杜國維
圖文排版 / 周妤靜
封面設計 / 葉力安

發 行 人 / 宋政坤
法律顧問 / 毛國樑　律師
出版發行 / 秀威資訊科技股份有限公司
114台北市內湖區瑞光路76巷65號1樓
電話：+886-2-2796-3638　傳真：+886-2-2796-1377
http://www.showwe.com.tw
劃撥帳號 / 19563868　戶名：秀威資訊科技股份有限公司
讀者服務信箱：service@showwe.com.tw
展售門市 / 國家書店（松江門市）
104台北市中山區松江路209號1樓
電話：+886-2-2518-0207　傳真：+886-2-2518-0778
網路訂購 / 秀威網路書店：http://www.bodbooks.com.tw
國家網路書店：http://www.govbooks.com.tw

2017年2月　BOD一版
定價：360元

國家圖書館出版品預行編目

獨心功夫：讀懂古典詩人的生命故事 / 羅秀美
著. -- 一版. -- 臺北市：秀威資訊科技,
2017.02
面； 公分. -- (秀文學 ; 3)
BOD版
ISBN 978-986-326-404-0(平裝)

1. 中國詩 2. 詩學 3. 詩評 4. 文集

821.8807 105025514

讀者回函卡

感謝您購買本書，為提升服務品質，請填妥以下資料，將讀者回函卡直接寄回或傳真本公司，收到您的寶貴意見後，我們會收藏記錄及檢討，謝謝！如您需要了解本公司最新出版書目、購書優惠或企劃活動，歡迎您上網查詢或下載相關資料：http:// www.showwe.com.tw

您購買的書名：＿＿＿＿＿＿＿＿＿＿＿＿＿＿＿＿＿＿＿＿

出生日期：＿＿＿＿年＿＿＿＿月＿＿＿＿日

學歷：□高中(含)以下　□大專　□研究所(含)以上

職業：□製造業　□金融業　□資訊業　□軍警　□傳播業　□自由業

□服務業　□公務員　□教職　□學生　□家管　□其它＿＿＿

購書地點：□網路書店　□實體書店　□書展　□郵購　□贈閱　□其他

您從何得知本書的消息？

□網路書店　□實體書店　□網路搜尋　□電子報　□書訊　□雜誌

□傳播媒體　□親友推薦　□網站推薦　□部落格　□其他＿＿＿＿＿

您對本書的評價：（請填代號　1.非常滿意　2.滿意　3.尚可　4.再改進）

封面設計＿＿　版面編排＿＿　內容＿＿　文／譯筆＿＿　價格＿＿

讀完書後您覺得：

□很有收穫　□有收穫　□收穫不多　□沒收穫

對我們的建議：＿＿＿＿＿＿＿＿＿＿＿＿＿＿＿＿＿＿＿＿

＿＿＿＿＿＿＿＿＿＿＿＿＿＿＿＿＿＿＿＿＿＿＿＿＿

＿＿＿＿＿＿＿＿＿＿＿＿＿＿＿＿＿＿＿＿＿＿＿＿＿

＿＿＿＿＿＿＿＿＿＿＿＿＿＿＿＿＿＿＿＿＿＿＿＿＿

請貼
郵票

11466
台北市內湖區瑞光路 76 巷 65 號 1 樓
秀威資訊科技股份有限公司 收
BOD 數位出版事業部

....

（請沿線對折寄回，謝謝！）

姓　名：＿＿＿＿＿＿＿＿　年齡：＿＿＿＿　性別：□女　□男

郵遞區號：□□□□□

地　址：＿＿＿＿＿＿＿＿＿＿＿＿＿＿＿＿＿＿＿＿

聯絡電話：(日)＿＿＿＿＿＿＿＿＿＿ (夜)＿＿＿＿＿＿＿＿＿＿

E-mail：＿＿＿＿＿＿＿＿＿＿＿＿＿＿＿＿＿＿＿＿